行走中国丛书
主编◎张昌山 耿昇

笛荡幽谷
——1903—1910年一位苏黎世工程师
亲历的滇越铁路

〔瑞士〕希尔维亚·安吉斯·麦斯特尔
〔瑞士〕鲍尔·胡格 ◎编著

王 锦◎译

云南出版集团
云南人民出版社

图书在版编目（CIP）数据

笛荡幽谷：1903-1910年一位苏黎世工程师亲历的滇越铁路 /（瑞士）希尔维亚·安吉斯·麦斯特尔,（瑞士）鲍尔·胡格编著；王锦译. -- 昆明：云南人民出版社, 2018.12

（行走中国丛书）

ISBN 978-7-222-17786-4

Ⅰ.①笛… Ⅱ.①希…②鲍…③王… Ⅲ.①游记—作品集—瑞士—现代 Ⅳ.①I522.65

中国版本图书馆CIP数据核字(2018)第265416号
著作权合同登记号 图字：23-2018-134号

出 品 人：赵石定
责任编辑：刘 焰　姚实名
装帧设计：白 雪
责任校对：陈春梅
责任印制：代隆参
校　　译：吴 睿

行走中国丛书

DIDANG YOUGU——1903—1910 NIAN YIWEI SULISHI GONGCHENGSHI QINLI DE DIANYUE TIELU

笛荡幽谷——1903—1910年一位苏黎世工程师亲历的滇越铁路

〔瑞士〕希尔维亚·安吉斯·麦斯特尔　〔瑞士〕鲍尔·胡格　编著
王　锦　译

出版	云南出版集团　云南人民出版社
发行	云南人民出版社
社址	昆明市环城西路609号
邮编	650034
网址	www.ynpph.com.cn
E-mail	ynrms@sina.com
开本	787mm×1092mm　1/16
印张	9
字数	120千
版次	2018年12月第1版第1次印刷
印刷	云南出版印刷（集团）有限责任公司 云南新华印刷一厂
书号	ISBN 978-7-222-17786-4
定价	30.00元

如需购买图书、反馈意见，请与我社联系
总编室：0871-64109126　发行部：0871-64108507
审校部：0871-64164626　印制部：0871-64191534

云南人民出版社微信公众号

版权所有　侵权必究　印装差错　负责调换

总　序

张昌山

从黑格尔以来，传统中国长期被欧洲中心主义者视为一个"停滞的帝国"。这一观念出现几十年之后，国人终于认识到，中国正面临着前所未有的深刻变革。清同治十一年（1872年），李鸿章在《复议制造轮船未可裁撤折》中说："臣窃惟欧洲诸国，百十年来，由印度而南洋，由南洋而中国，闯入边界腹地，凡前史所未载，亘古所未通，无不款关而求互市。我皇上如天之度，概与立约通商，以牢笼之，合地球东西南朔九万里之遥，胥聚于中国，此三千余年一大变局也。"光绪元年（1875年），李氏又在《因台湾事变筹画海防折》中说："历代备边，多在西北。其强弱之势，主客之形，皆适相埒，且犹有中外界限。今则东南海疆万余里，各国通商传教，来往自如，麇集京师及各省腹地，阳托和好之名，阴怀吞噬之计，一国生事，数国构煽，实为数千年未有之变局。"李鸿章对世界和中国的这种认识还在多个场合说过。当时的中国，一下子从"普天之下，莫非王土；率土之滨，莫非王臣"的天下，迅速跌进五大洋、四大洲之中的世界，甚至只是亚洲东部一个落后的大国。

这数千年未有的大变局，就是以工业革命为主导的近代化及现代化，而中国从传统社会向现代社会转型的这一近代化及现代化过程，至今仍在进行之中。

百年间，一些中外人士行走在中国这片古老而又在变动的土地上。行走者中，既有外国的传教士、外交官、探险家，更有中国的文人、学者、科学家、商人、军人，甚至有家庭妇女。他们的游记、札记、考察报告、探险实录等，见证并记录了其自身行走的经历和中国近代化及现代化的过程。当时写下这些文字的人虽身份各异、目的不同，但每一部作品记录的都是作者个人的观察与体验，也记载了他们的所思所想和个性特征。

而不同的作品拼合起来，则在横向空间上似画卷一般展现了中国各地的风土人情和社会面貌，而在纵向的时间上则有如电影一样显示了中国在不同历史时期社会变迁的细节与大势。在他们笔下，中国不再是故纸堆中的陈旧记忆，而是活生生展开的现实景象。

把历史还原到现场和实际生活，这大概是每一个想了解历史的人的最大愿望。我们从这些作者在中国的行走、体验之中看到了一种活态的中国历史，它们明显区别于以往的正史和官方档案之类的文献资料所记录的静态中国历史，而且，人生的丰富性、视角的差异性及社会的多元性，也尽在其中了。

德国学者赫尔德所倡导的"同情之理解"，作为一种历史研究方法，在中国学者中以陈寅恪等用得最深也最好。如今，我们把这些中外作者的各类作品作为历史文本来阅读、感受和研究，通过这些文本去体验他们在这片土地上的行走、见闻与思考，这也是一种"同情之理解"的实践。今天的人们可以从中感受这些作者所体验的中国社会，从而更具体、更深刻地观察了解中国近代化及现代化进程的艰辛与经验。

将中国放在整个世界大格局中来看，这一百多年的历史，大致就是摇摇晃晃、步履蹒跚地走向世界和走向现代的过程。鉴往才能识今和知来，但由于过去的观念、方法、习惯和经验等因素，有意无意地遮蔽和塑造了我们对于这段历史的认识与解释，因此，云南人民出版社推出的这套"行走中国"大型丛书，是在回头观看百年中国之动静，是在体会"我看人看我"的经验，其实质则是向前进，走向永恒的未来。

青山遮不住，毕竟东流去。历史的洪流和时代的浪潮虽然可能会被拖延，却不可能永远被遮挡。司马相如曾说："盖世必有非常之人，然后有非常之事；有非常之事，然后有非常之功。非常者，固常人之所异也。"李鸿章有言："处数千年未有之奇局，自应建数千年未有之奇业。"这两句话的时间相差 2000 年，表达的却是同一种心声，谨抄录于此，作为我们对国家和时代的期许。

是为序。

2015 年 5 月

目　录

前　言
　　托马斯·瓦格纳博士　/ 1

麦斯特尔家族的百年梦想
　　汤世杰　/ 1

奥托·麦斯特尔，远东的魅力
　一位冒险家的生平介绍
　　乌尔苏拉·麦斯特尔－卡迪　/ 1

奥托·麦斯特尔的文章简介
　　鲍尔·胡格　/ 24

"东亚最令人感兴趣的一条铁路"
　云南铁路建设
　　奥托·麦斯特尔　/ 30

劳工像苍蝇一样死去
　铁路建筑工程师奥托·麦斯特尔寄自中国南部的信件　/ 49

"整晚枪炮声不停"
　1929年内战期间乘船航行在长江上
　　奥托·麦斯特尔　/ 99

图片说明　/ 113

鸣　谢　/ 114

前 言

中国在近年逐渐成为令欧洲瞩目的经济和文化中心。这个崛起中的同时又非常传统的国家正散发出无与伦比的魅力。

随着全球化而来的东西方之间不断加深的交流和理解正在书写新的历史，而通过本书所展示的历史资料，让我们得以窥见并了解这种交流是如何从昨天走到今天的。

作为瑞中协会主席，我的任务是促成瑞士和中国两个国家之间跨文化交流项目的合作，在某种程度上可以说是起到催化作用，从而将这些项目介绍给对此感兴趣的大众。

本书记录了自1898年开始，由"法国印度支那铁路建筑公司"承建的滇越铁路线从老街到今天的中国昆明段的建设情况。书中文章来自参与建设的瑞士工程师奥托·麦斯特尔1903年至1910年期间的原始资料。它见证了一个历史性的奇迹，一个由法国人、瑞士人、意大利人和中国人等不同的民族，通过合作而共同创造的，最终登上联合国教科文组织世界文化遗产名录的奇迹。

当我第一次看到麦斯特尔家族保留下来的大量的照片、日记和信件时，我惊讶于工程的庞大及公司的整个组织结构。整条铁路长465公里，有155条隧道和107座桥，铁路修建在人迹罕至的荒山野岭中，并且至今铁路仍可以以最初的状态运行。

奥托·麦斯特尔于1896年毕业于瑞士联邦工学院（今天的苏黎世联邦工学院）的土木工程系。他与另一位设计埃菲尔铁塔基础图纸的瑞士工程师茅利斯·科和林（Maurice Koechlin）毕业于同一所大学。在滇越铁路线上大量的桥梁建设中，很多地方借鉴了埃菲尔铁塔的设计理念，尤其是人字桥。这座桥因为它的形状酷似中文的"人"字而得名，是"全国重点文物保护单位"，在中国享有盛誉。人字桥以它的独创性

笛荡幽谷
——1903—1910年一位苏黎世工程师亲历的滇越铁路

和优雅简洁的结构，令人感受到19世纪末期源自瑞士联邦理工大学的设计理念。

本书不仅提供了有关这项了不起的建筑工程的文献资料，而且从奥托·麦斯特尔的日记中展现了生动而又真实的生活。他的叙述得以令人一窥当时人们在中国和瑞士的生活状况。

在此特别感谢希尔维亚·麦斯特尔（Sylvia Meister）和她的妹妹乌尔苏拉·瑞娜塔·麦斯特尔（Ursula Renata Meister）和格奥格奥·霍赫（Giorgio Hoch）。他们在过去的很多年里以强烈的好奇心，投入大量个人时间和精力，将大量的文献整理成册。与此同时他们还走访了中国（云南）和巴黎。

本书的出版有助于让我们了解瑞士工程师奥托·麦斯特尔的探险经历。

托马斯·瓦格纳博士

麦斯特尔家族的百年梦想

汤世杰

> 时间啊　请严刑拷打
> 我愿意全盘招供
> ——于坚《沙滩》

1

这个多年前发端于瑞士,至今还在生长中的故事打一开头,就跟百多年前问世未久的铁路、桥梁、火车,跟那些古老、笨重却轰然有声的过往难解难分——

16岁那年的一天,瑞士女孩儿希尔维亚·麦斯特尔坐在从老家开往苏黎世的火车上,头一次听父亲弗莱迪·麦斯特尔说起,爷爷奥托·麦斯特尔留下过一些遗物。那天的天气,希尔维亚已记不大清了,反正是在离开南阿尔卑斯山美丽的湖滨城市卢加诺,乘车前往苏黎世设计学院求学的路上,车声隆隆,四野铿锵。希尔维亚正幻想着未来,父亲弗莱迪却选择在那段旅途上讲起过往,不知缘由何在?是突然想起,以纷繁往事聊减旅途寂寞,还是看着孩子已然长大,又恰在火车上,突然想起了什么?

希尔维亚隐约听说,以前,家里收到过两个旧箱子,寄自中国上海,甚至,母亲还在家里洗刷过一张虎皮,毛色斑斓,风姿威武,据说来自中国多山的云南。可惜希尔维亚那时太小,除了看过爷爷几幅照片,余则几无印象——照片单薄的平面影像,哪能传达百年前一个人飘忽不定却又葱郁盎然的生命气息——1937年,奥托·麦斯特尔在上海去世,希尔维亚1944年才生。但那事就像那对箱子和虎皮一样,让希

笛荡幽谷
——1903—1910年一位苏黎世工程师亲历的滇越铁路

尔维亚难以忘怀：遥远的东方，对她全然是个谜，巨大，却恍惚，而爷爷，竟曾生活在那云一般的谜中！当那个谜将这个家族的名字幻化成一片云彩从东方飘回来时，她已无从辨认。但，即便无法确知那名字的意义，也无法了然那名字掩藏的历史，内心深处，那谜倒一直吸引着她，让她渴望去探访那个遥远的国度。有段时间，在东方待过的爷爷，居然成了希尔维亚一个无法描述的梦幻。闲暇时她总会想起爷爷。她似乎觉着她必与那件事有关，但除了生命，究竟会怎样相关，一时却无法得知。

多年后希尔维亚已年过六旬，父亲过世，母亲九十多岁，已患上了老年痴呆症，某天竟突然把那两个老箱子扔进了垃圾站，嘟哝着说好几十年了，留着占地方，也没什么用。希尔维亚那时再次想起了那次火车旅行。这时的希尔维亚，早已不是那个入世未深的如花少女，而是个小有成就的艺术家了。她和妹妹乌尔苏拉·麦斯特尔·卡迪没理会母亲的唠叨，事实上那几乎成了一个适时且必要的提醒——爷爷留下的那两个大箱子居然还在！她们既没犹豫，也没告诉母亲，悄悄把两个箱子搬了回来，妥当收好——难道，越过千山万水从上海寄回来的两个大箱子，会无缘无故、一文不值吗？即便作为一个遥远的念想，那也是该留下的。

——百年时光倏忽逝去，那或是个凭证？

许久之后，麦斯特尔姐妹打开那两个大箱子检视里面的物品时，竟惊呆了：除了老麦斯特尔20世纪初从中国写给所供职的苏尔寿公司的简报，一些非常专业的技术性文字，还有他的三本日记、明信片、报纸简报、文件、通信证、学习和工作证明，写给瑞士家人、朋友的大约五百封信，及他拍摄的874幅银版玻璃底片和1000幅照片，涉及老麦斯特尔1903—1910年作为一个土木建筑工程师，参与修建当时被称为堪与苏伊士运河、巴拿马运河媲美的世界第三大工程之滇越铁路的那段经历，及他后来在上海度过的十多年时光。如乌尔苏拉·麦斯特尔·卡迪在《奥托·麦斯特尔，远东的魅力——一个冒险家的生平介绍》一文

中所说，"他没有遗漏任何值得注意的事情，所有事情都被不间断地记录下来"了！

百年一日。原来，世上诸多事体，乍看似突如其来，暗中却牵连有致，稍一追溯，尽皆渊源辽远，背景深厚。对于希尔维亚，早年那个闪烁混沌的谜，骤然开始解密。那是一段令人兴奋却又艰难的时光：时间久远，纸页粘连，字迹漫漶，老麦斯特尔惯用的古老花体字，不少她们已无法辨认，只能且认且辨，且读且录。经一段时间苦心整理，希尔维亚与她的伴侣格奥尔格·霍赫和妹妹一起，先是将老麦斯特尔留下的所有资料做了数字化处理，以期长期保存——老麦斯特尔做梦也难想到，百年后的世界已如此陌生，他在酷热滇南随手留下的文字和图片，居然要借由两个孙女之手，经历一次他闻所未闻的现代科技冒险；然后，希尔维亚姐妹又从中精选出部分文字和照片，编成《飘荡在峡谷间的笛声》一书（以下简称《笛声》），由苏黎世利马特出版社正式出版。该书编辑鲍尔·胡格撰文对奥托·麦斯特尔的文字做了简介，而为该书作序的托马斯·瓦格纳先生，则曾多年担任瑞中友好协会会长、前苏黎世市长、昆明市荣誉市民。到过中国昆明的瓦格纳先生建议希尔维亚带着她爷爷的遗物和照片，到苏黎世的友好城市昆明办个展览，说如果《笛声》一书若能译成中文在中国出版，那就更好……

那显见是个好主意！希尔维亚决定先去做番探访。几经张罗，2012年，希尔维亚和她的伴侣霍赫动身前往中国云南，去拜访她爷爷修建过的铁路与火车——那是多年的梦想，而梦想从来美丽，甚至近乎浪漫。

2

百多年前，奥托·麦斯特尔或许也是这么想的——去遥远的远东，开启一趟浪漫之旅。而机会，恰好到来。

1873年8月16日，奥托·麦斯特尔生于瑞士赫尔根一个望族家庭，为家里最大的孩子。麦斯特尔家族的历史可追溯到1400年，他的父亲埃米尔·麦斯特尔先是在苏黎世开有一间颇有声誉的珠宝店，很快就扩

笛荡幽谷
——1903—1910 年一位苏黎世工程师亲历的滇越铁路

展到三家店面。恰工业初创年代,年轻又富于冒险精神的奥托·麦斯特尔没想接过那个珠宝店,子承父业,倒去上了当时瑞士最好的瑞士联邦工学院,即如今的苏黎世联邦理工学院土木工程系——那是现代物理学开创者和奠基人爱因斯坦的母校——于1896年毕业,获民用建筑工程师资格。参与设计过埃菲尔铁塔基础图纸的瑞士工程师茅利斯·科和林,正是奥托·麦斯特尔的校友。毕业后他曾在苏黎世斯考克公司短暂工作过,1899年又到丹麦从事过桥梁建筑项目。尔后,他的目光被远方一项铁路工程——滇越铁路吸引。希尔维亚的妹妹乌尔苏拉·麦斯特尔－卡迪在为《笛声》一书写的奥托·麦斯特尔生平介绍中写道:"当欧洲不断扩张的工业国家在殖民地的大型建设工程涌现的时候,奥托·麦斯特尔意识到这种可能性会带给他新的空间,于是他离开小小的瑞士,奔向远东。他的目标是法国在今天的越南和中国的铁路建设工程。"

那正应了英国作家毛姆在长篇小说《月亮与六便士》里的一句话:"满地都是六便士,他却抬头看见了月亮。"而奥托·麦斯特尔的那枚"月亮"却在东方,相隔的何止万水千山?或如余光中所谓:"乡居的少年那么神往于火车,大概是因为它雄伟而修长,轩昂的车头一声高啸,一节节的车厢铿铿跟进,那气派真是慑人,继续单调而催眠,也另有一番情韵。"

人类社会的每次前行,皆始自通达方式的改变。便捷的通行,让人能抵达遥远的天边。19世纪初,现代工业文明突飞猛进,铁路、火车作为现代工业文明的标志性事物,开始觊觎整个世界。希腊是第一个拥有路轨运输的国家。19世纪20年代,英格兰的史托顿与达灵顿铁路堪称第一条成功的蒸汽火车铁路。而英国的乔治·史蒂芬孙则在1829年造出了第一台现代蒸汽机车"火箭号"。后来的利物浦与曼彻斯特铁路更显示了铁路的巨大发展潜力。工业文明的迅猛发展,为西方强国的殖民扩张提供了强力支撑。到奥托·麦斯特尔长大时,铁路已成为横行世界的钢铁怪物。

年轻的瑞士工程师奥托·麦斯特尔的远东冒险,就此开始。

一个国家的殖民扩张,其掠夺与谋利的本性,与一个年轻人凭借所学知识、技能欲到远方闯荡,是完全不同的两码事。奥托·麦斯特尔既不确切了然从越南河内通往中国昆明的铁路对中国意味着什么,也不清楚修建那样一条铁路,会有多么艰辛。那一切都不在他的考虑之内。他有的,只是一个工程师对一项工程的迷恋,一个年轻人欲成就一番事业的热望,是他骨子里欲以冒险对生命做出交代的尝试。我的意思是,那个名叫奥托·麦斯特尔的瑞士人,就是一个人。在这个意义上,作为同样学过土木工程的人,面对早已作古的奥托·麦斯特尔留下的文字、图片,我只会由衷地心生敬意。

1903年6月16日,奥托·麦斯特尔登上从马赛出发的轮船"雅拉"号,驶向印度洋。历时两个多月的航行,经苏伊士运河到达河内,换乘桨轮汽船沿红河溯流而上,抵达越南老街;尔后,身材高大的奥托·麦斯特尔骑着一头矮小的云南马,踏上了中国西南的那片土地——而他梦想的那番浪漫与冒险,其时才刚刚开始。

3

2017年10月29日,昆明。原说那天阴寒有雨,孰料阳光却灿烂得叫眩目。上午10点,"一个瑞士先行者在中国的岁月"展,在中国昆明市博物馆开启。

消息早已得知,乃昆明市博物馆馆长田建在微信朋友圈发布的。

——田建,湖北孝感人氏,吾乡亲也。四川大学历史系考古专业毕业。以在考古发掘中总会"碰"到好东西见称,天水马滩纸汉代地图、敦煌悬泉置西汉麻纸等,皆出自他手;心细如发,再小的线索也逃不过他的目光。正如其夫人汪宁所言:"不久前国家博物馆'秦汉文明'展上的悬泉纸,拇指大小、浑黄如土的一小片,我去看时,面对展柜都十分惊奇——若是我等'粗人'(粗枝大叶之人),别说是一片,就是十片也早被当作土坷垃从指缝间溜之乎也!哪还得登堂入室,以国宝身份珍列于文化圣殿?"我亦听闻,田建在从一位友人处看到老麦斯特尔

笛荡幽谷
——1903—1910年一位苏黎世工程师亲历的滇越铁路

摄于云南河口的一幅照片时，猜想他看到的，正是历史上打响辛亥革命云南第一枪的"河口起义"的一位遇难者，是为首次发现。而河口，正是滇越铁路的云南起点，是老麦斯特尔待过的地方。"一个瑞士先行者在中国的岁月"展得以顺利展出，令史卷拂尘，重现荣光，让麦斯特尔家族梦想成真，正是无数个像田建这样孜孜求索于史海的人们之心血凝结！

此前，我已读过多种当年修建滇越铁路的史料，但到那时为止，还从没见有任何一个亲身参与过该项工程者的文字或图片记录——无论是设计者，还是施工者。我掐着时间到达。趁着馆前小广场程序复杂的开幕式还在进行，便独自溜入静寂的展厅，仿佛真是要去拜访来自瑞士的奥托·麦斯特尔工程师，借此表达一个学过土木工程的人菲薄的敬意。此前的2016年4月，我与两个年轻作家一起，刚刚重走了一遍滇越铁路南段，从中越边界的云南河口，沿南溪河谷北上，直到蒙自境内著名的碧色寨车站，再一路奔向古城建水刚刚开通不久的旅游小火车。老路崎岖。为看到穿行于南溪河峡谷的滇越铁路，你没法走高速公路，只能在已然失修的老公路上逶迤而行。想象100多年前，要在天高地远，连一条像样的路都没有的滇南群山中建一条铁路，对一个来自瑞士联邦工学院的年轻工程师，是何等陌生，何等艰辛？！

700多平方米的展厅，辽阔、气派。走进去，便与一幅奥托·麦斯特尔的巨幅照片迎面相遇：戴一顶礼帽，扎一条领带，着半长风衣，身后树木葱郁，光影闪烁，仿佛正从那片小树林里走来。坚定凝于嘴角，睿智溢于目光。尔后，一个个展板，依次展示出了奥托·麦斯特尔的身世，在滇越铁路工作期间拍摄的大量照片、手稿和信件实物或复制件——其所展示的滇越铁路的施工过程和当时中国、云南广阔的社会与生活场景，我无法一一细说。但那幅摄于著名的"人字桥"合龙瞬间的照片，是必要大说特说的。

那应是奥托·麦斯特尔现场所拍，殊为难得，极其珍贵：作为"人字桥"主要支撑的两组已分别组装好的巨大钢构跨梁，一端立于嵌

于山崖上的铰座,一端以缆绳吊起,竖立半空,正渐渐靠拢,靠拢,等待着即将到来的最后的合龙……作为整个滇越铁路中设计最精湛、技术最复杂、施工最艰难的"人字桥",那显然是个历史性时刻,一个历史节点。即使已然百年,面对那些照片,我想我的兴奋,也与奥托·麦斯特尔百年前的兴奋,相互应和,完全重叠。他显然在场。一个瑞士人。一个年轻的土木工程师。"人字桥"的一个生命见证。不管老麦斯特尔为将那个短如一瞬的时刻装进他的相机,在按下快门的一刹那,是否意识到其中洋溢着的盎然诗意,是否闻到了浩瀚历史中深隐着的时光的芬芳。面对相机中的那片景观,仅仅拍照这件事本身,已让我满怀敬意——他是个工程师,更是个有着超敏的时间概念和独特美感的人,即便不说他是个艺术家的话。世上许多事情,许多关键时刻,是注定也必然会进入历史的。奥托·麦斯特尔不仅意识到了那一点,还牢牢抓住了那个时刻。

——当我后来与田建聊起此事时,他也有同样的感叹:"两年前看到麦斯特尔先生所拍的照片,就想做一个展览。几个因素,首先是'人字桥'修建合龙的实景与施工图手稿,其次是对昆明和其他城市的拍摄,从中可以感受到他的善意。从他的视觉里能感受到美,东、西寺塔的那一张照片,展览时气势没有做出来,若是能扩到一整面墙,使人有身处野外的感觉,或许可以体会到拍摄者的心情。看方苏雅的摄影展很难受,方的照片让人感到很压抑。这是两种不同的人。因此也想让大家看看,有所比较。第三是苏黎世与昆明是友好城市,最早来的苏黎世人是怎么看昆明的。把时间定在今年,是考虑到两城缔结友好城市三十五周年,一般情况下,苏黎世会来一个比较大的代表团,把展览作为纪念活动的项目,可以得到双方政府的关注,并且在经费上给予支持。"果然,当希尔维亚第一次听说按例行规则,租用昆明市博物馆一个七百余平方米的展厅,每天得花七千余元人民币时,顿觉踌躇。而田建告诉他,他将竭尽全力筹集资金,尽量减少支出。

田建所言极是。多年前,方苏雅的老照片曾在昆明风靡一时,人

笛荡幽谷
——1903—1910年一位苏黎世工程师亲历的滇越铁路

们为当年作为法国驻昆明领事、滇越铁路法方总监的方苏雅所拍的昆明和滇越铁路老照片，奔走相告。而相比于方苏雅的居高临下，他镜头里的冷漠，老麦斯特尔显然是平视的，温馨，充满人情味儿，因而也更具诗性——他不代表政府、权力，深藏于照片背后的，只有他那颗温暖的心。

那种感觉在我看到另一幅照片时，变得更清晰，也更浓郁。那是奥托·麦斯特尔的几幅手绘工程图，包括"人字桥"的手绘施工草图，线条之简洁、准确、传神，即便一个外行，也能于一眼之间，领略那项工程的创造性所在，及那个钢梁结构的奇异与美妙。而能以简洁的线条勾勒出那幅草图，也是件极考功力与学养的技术活儿，奥托·麦斯特尔恰好训练有素。以我所知，面对那座修建中的大桥，老麦斯特尔手中，应该早有了"人字桥"的施工图。他的差事，只须严格照图施工，把桥建好，如此便已无愧于他的薪水。但奥托·麦斯特尔看来并不只是个懂得挣钱的人，除了梦想，还另有一番职业之外的情怀，那关乎美。

考虑到所受时代之限制，奥托·麦斯特尔的信件、日记中的文字，很难绕开他对中国，云南尤其是滇南山区民众中当时存在的虽然如实，却让他惊讶、让我们汗颜的陋习，诸如肮脏、偷懒等等。但除了偶尔抱怨几句，他几乎都是客观记述，从不做肆意渲染，更别说借机大加挞伐，更多时候，语中竟满是同情。1904年11月20在写于阿迷州即今开远市的一封信中，他说，"很快我的同事中有一半人生病了。而苦力们像苍蝇一样地死去"，读之令人惊悚。1905年3月5日写于阿迷州的另一段文字中，他说他遇到了"麻烦"："工人数量匮乏。成千上万的苦力，据说有四万多人，需要从省外招募。下段更多是广东人，我们这里附近的是天津来的，上段工地的工人来自四川。……新来的苦力的死亡人数并没有下降。……开始是个别人，然后是成群结队的人逃离。他们觉得不满意，因为他们认为挣得太少等等。……在这些陌生的苦力中有一部分人很容易成为不法分子和抢劫犯。他们对谋杀和凶杀毫不畏惧。他们被捉到后，被砍的头颅像一幅照片一样挂在蒙自的城墙上。"

麦斯特尔家族的百年梦想

读到最后那句话时,我的双眼已一片潮润……

在这片异国土地,奥托·麦斯特尔只是个工程师,不是旅游者,却满怀着大地之爱。除了工作,他几乎定期给家人写信,描述他在云南见到的一切,日记中也不加掩饰地详尽记录了他的云南生活,多次提到那里自然风光的美丽,还在写给他瑞士家人的一封信中,于信笺的右上角,用类似薄薄一片胶带纸那样的东西,附上了一朵"采自蒙自某地"的"雪绒花"。现今蒙自不远处的山上,是否还有那样的"雪绒花",我不得而知,但当年蒙自周边的茂密森林与良好生态,那些花繁叶茂的消息,就从那朵早已枯萎的花里,悄悄地泄露出来,连同一个土木工程师对大自然的热爱。

待我看完整个展览返回途经出口时,恰遇"贵宾"一行由田建馆长和翻译王锦陪同,进入展厅,其中就有奥托·麦斯特尔的孙女、已年过七旬的希尔微亚·麦斯特尔女士。我跟田建馆长说,能与她合个影吗?翻译王锦转达后,希尔微亚欣然应允。我们一起站在奥托·麦斯特尔那幅巨大的照片墙前,请王锦为我们拍照——就在那时,我意识到,百年间,发生在瑞士麦斯特尔家族与中国,昆明,与滇越铁路间的故事,与我已联系在一起了。我该做点什么呢?没准儿真如加拿大作家艾丽丝·门罗所说:"你迟早会在其中一个故事里,面对面与自己相遇。"

4

两天后,我通过田建联系德文版《笛声》一书的中文翻译者王锦,希望能约请希尔维亚和霍赫先生在昆明翠湖边再次见面,喝茶聊天——那是我第一次面对面地跟两个瑞士人聊天。王锦告诉我,希尔维亚很高兴——这次,希尔维亚和霍赫先生一起,已是第四次造访昆明了。

20世纪90年代我去南欧,途经苏黎世转机,"趁着天色未晦,我还来得及从空中拜访一下苏黎世——自从几年前它和我居住的那座城市结成了友好城市,这个名字已在当地家喻户晓,而直到那时,我才能一睹它的芳容。让我惊讶的是,与其说我看到的是一座城市,不如说是一

笛荡幽谷
——1903—1910年一位苏黎世工程师亲历的滇越铁路

片森林,它的四周涌动着大海一般的绿色波涛,城中树林成片,以至看上去它似乎只有很少几幢房屋。难怪马克·吐温就说,瑞士是一个巨大的、凹凸不平的土石块,其上薄薄地盖了一层青草。我看到的那层苏黎世的、当然也是瑞士的'青草'真是够薄的,薄得只有十来米厚,它就是那片森林"。这回,却是在中国,结识了两位地道的瑞士人。机缘这东西,想想真是好玩!正是在那里,经王锦翻译,我才得知本文开头说到的那段往事,以及希尔维亚和她妹妹所做的一切,并怀着一份对中国的梦想,连续四次前往云南。相比于国人动不动就毁弃一切,及当今十分欠缺的"档案意识",这一点,还真没法不叫人钦佩。

　　历史上的民间文化交流,通常总会在时代的缝隙中悄然进行。那一切,常常源自青春热血,源自梦想及抵达远方的渴望。想想,年轻的奥托·麦斯特尔工程师,当年是怀着怎样的兴奋,将他在中国云南这片土地上的所见所闻付诸文图,传到遥远的瑞士,以至让他的家人从那以后,一直对陌生的中国有了亲切之感?百年之后,当希尔维亚带着她的好奇、梦幻、渴望与深情,踏上这片土地时,又是怎样的激动?完全可以说,那是对历史的一次礼节性回访,也是对她外祖父的一次生命"回访"。

　　头一次,希尔维亚·麦斯特尔作为旅游者初访云南,自己包租了一辆车,径直去看了"人字桥",那做派,倒真有些像老麦斯特尔。不久前我刚去过那里,完全能想象希尔维亚站在四岔河边仰望那座桥的情景:五家寨旁,四岔河上,两座陡峭山峰间,一座钢梁桥如巨人般立于峰巅。远处,青幽山影薄如蝉翼,和润天光静似春水,悠悠缓缓,从两山间逼仄崖缝中透了过来,将一幕绝色剪影,映衬得如一幅蕴藉古画。世界悄寂远遁。列车亦很久没有开来。苍茫峡谷中,唯有它自己。偶尔有一阵风撩拨般吹过,它却菩萨般低眉不语,如立法坛——显见经百年修炼,道行已至融圆。

　　经年沉溺于当代艺术创作的希尔维亚看到的,是一座奇异、美丽的钢构大桥,历经百年风雨,那桥虽满目沧桑,却无异于宏伟的艺术

麦斯特尔家族的百年梦想

品,较之她的作品绝无不及。她或愿用一段生命,换来他的返回。我也是,却不能。那是她爷爷亲身参与修建的一座桥,到底哪根梁,哪颗铆钉,留下过爷爷的生命印痕?不知道。那座桥的设计者保罗·波登,从未到过中国,却以一个"人"字形铁桥的完美构想,征服也超越了所有人,包括他的同学、埃菲尔铁塔的设计者居斯塔夫·埃菲尔。为实现那个设计构想,他以180余吨重,每件重不超过100千克、长不超过2.5米的钢铁构件,加上两万余组铆钉,完成了全部设计。可惜,除了在图纸上、想象中,保罗·波登从没有见过那座桥。但麦斯特尔家的两代人,奥托·麦斯特尔和希尔维亚·麦斯特尔,都看到了。不唯看到,还深知那样的沧桑与美丽背后,隐藏着的种种惊人的付出。

任何一项超级工程,从设计到施工建成,耗费的都远不止于时间与金钱,更是施工者的智慧、汗水,而架设在两道峭壁之间、宽不过60米却高达200多米的"人字桥",耗费的更是鲜活的生命:仅在"人字桥"的施工中,就有八百多个中国劳工和一个外国技术人员死去。最初,施工人员都以绳索系身,打悬崖上吊下去,晃荡着身子在岩壁上打孔。传说到了最后,即便许价一锤一个银圆,也没几个人愿意铤而走险了——因绳索在山崖磨断,或因打孔者操作失当而直接撞在崖壁上,实际上,很少有人能真拿到那些银圆。

希尔维亚深知,与那天她看到的情景不一样,当年,修建中的滇越铁路一线,如《笛声》中乌尔苏拉所写:"当麦斯特尔在云南南部的阿迷州(今开远市——译者注)的临时住所安顿下来后,他承担了分配给他的一段路线的铁路建设任务。这段路线所处位置对身体健康极其不利,难以计数的蚊子,及所谓的瘴疠和周期性传染病,夺去了很多人的生命。……对于工人来说,生活条件的艰苦超乎想象,使他们无法长期坚持下去而不得不持续不断地更换人员。……很多来自幅员辽阔的中国其他地区的工人会想办法逃跑。"

又说:"同年接下来的日子,生活条件随着工程向北进展而好转。山上空气新鲜,气候也不再炎热。奥托·麦斯特尔升任分段总工程师,责任

笛荡幽谷
——1903—1910年一位苏黎世工程师亲历的滇越铁路

重大。工作内容包括规划以及领导他所负责的路段内的全部隧道和桥梁的建设工作。其中包括今天已经成为标志性建筑的'人字桥'。……它所处的地方是峡谷,它的建设是一个巨大的挑战。"

有别于乌尔苏拉的概略,老麦斯特尔对工程艰险的记叙则详尽得多:

"从外地招募劳工很不成功。招募了成千上万的人,只有几百个可以工作。其他死的死,逃的逃。天津籍劳工特别不适应这里的气候,在靠近老街的下段工段,他们的死亡数量巨大,以至于人们决定将他们安排在此地工作。""人们可以相信,铁路变成了苦力墓地。坟墓一座挨着一座,就像一场战役刚刚结束。不仅是外边来的苦力,也包括许多本地的苦力成为牺牲者。人们已经不知道,这些人是因为什么而死去了。这附近只有几个病得厉害,有一位去世了。"

"雨,雨,还是雨。当太阳偶一露脸,就像那些人说的,铅一样重的热浪,让汗水从每一个毛孔里流出来。……到处蔓延的植被像是在温室中一般。它们从各个角落,各个缝隙中爬出来,从疏远的岩石边冒出来,挂在那里。它们像是快要窒息了,想要更大的地盘。砍倒的芭蕉树剩下秃秃的部分,又像土豆一样向上生长。数米高的草,五到十米高的芦苇成片地生长。"

"我曾经待过的14公里处非常有意思。那里有十八个小隧道,上百个大大小小的人工建筑。那里是云南最荒凉的地方了。"

历史有了考古的实证,方成信史。滇越铁路现存的所有记载,多为技术文件,或出自转述与后期整理。老麦斯特尔作为当事人之一的记录,如同出土文物,为那段历史提供了新的佐证与注释,让我们对那条百年铁路的印象,变得鲜活而有深度了。传说中关于修建滇越铁路的种种细节,山地崎岖,天气酷热,雨水连绵,蚊虫麕集,工程的艰险,劳工的短缺、苦难与死亡……那本书都一一做出了印证。麦斯特尔姐妹的贡献,在于将深藏于两个箱子里的文件整理出来,转赠给了生长出那些文字的土地——云南。

麦斯特尔家族的百年梦想

5

"人生有许多事情,正如船后的波纹,总要过后才觉得美的。"

短短几年的云南生活,在滇越铁路修建完成后结束,却从此成了老麦斯特尔永远的怀念。滇越铁路完工后,奥托·麦斯特尔曾一度来到昆明,等待另一条拟议中铁路的开工,但因了国内当时的"保路风潮",直到他快要花光积蓄,也没等到开工消息,只好回到瑞士,却相当长一段时间无事可做。尔后才受瑞士苏尔寿兄弟股份公司的委托,去往日本,并在那里娶了他的日本妻子石坎千代,有了他们的儿子、希尔维亚姐妹的父亲弗莱迪·麦斯特尔。那是 1911—1922 年的事情。鉴于他懂中文,还有在中国工作的经验,1921 年他受命在上海创办了苏尔寿公司上海公司,于 1922 年携全家移居上海,一住多年,直到 1937 年 3 月 28 日去世。其间,老麦斯特尔有过几次沿长江一线旅行的商务活动的,流连于长江三峡的美丽风光,也有机会观察政府军、军阀之间不停的战斗,并做了详细记录。可以说,老麦斯特尔的一生,都与中国难解难分。

那是社会大动荡的年代。军阀混战,民生凋敝,革命蜂起,许多西方观察家认为整个中国处于"一场可怕的大动乱"之中,纷纷准备撤离。奥托·麦斯特尔却在 1927 年写给他的好友、美国植物学家约瑟夫·洛克的信中说:"我认为这样做的话将犯下一个巨大的错误,因为这里出现的,不是一个将要消亡的民族的垂死挣扎,而是这个民族新生的努力,这是黑暗中的唯一的光亮。"这是奥托·麦斯特尔从二十多年前第一次踏上中国这片土地后,对时局做出的唯一判断。虽然如乌尔苏拉所说,"他没能亲身经历他所预见到的事件,但今天中国和瑞士之间多彩多姿的经济和文化交流,验证了他的远见卓识"。而在我看来,他不是政治家,正是他的正直与善意,让他以锐利的目光看到了远方。

聊到这里,有四分之一日本血统的希尔维亚告诉我,日本至今还有他们家族的亲戚,她已故祖母的亲人,她也曾往探望。她确信祖父在

笛荡幽谷
——1903—1910年一位苏黎世工程师亲历的滇越铁路

日本有过一段幸福时光，但相比日本，她更喜欢中国——并非日本亲戚待她不好，而是她跟她祖父一样，总对中国怀有更深也更多的一份情感，而对日本，她感到多少有些"隔"。她庆幸祖父在她生于日本的父亲十来岁时，把他送回瑞士接受教育，再也没去过日本。希尔维亚第一次来华，就去过上海，特意去看了老麦斯特尔工作、生活过的，位于外滩旁，与海关大厦、上海俱乐部、华懋饭店和一些银行毗邻的那幢楼，而他住家的霞飞路（今淮海路）1394号楼，至今还在。作为一个艺术家，2010年，希尔维亚的作品曾参加苏尔寿苏州分部大厅艺术展。选择在临近上海的苏州，第一次在中国展出她的当代艺术作品，颇富象征意义——那更像一次以艺术为供品的百年祭奠。之后，她的目光转向了她向往的云南，传说中的滇越铁路。

世事的机缘巧合，常令人惊异，仿佛上苍事先将一切都已安排停当，只需一步步按计划进行。《笛声》一书出版后，希尔维亚姐妹接受托马斯·瓦格纳先生的建议，迫切希望把书译成中文，在中国出版。当年，老麦斯特尔为中国奉献的，是一个瑞士工程师的学识与技术，百年之后，希尔维亚姐妹向中国献上的，是百年前一个瑞士工程师在西方还很不了解中国时，冒险前往中国修建铁路的故事，以及他们对中国的一份情谊。托马斯·瓦格纳对此大加赞许，并向希尔维亚介绍了他的中国朋友，中国原驻瑞士的两位外交官，那恰恰是王锦翻译的父母。两位老人在瑞士工作多年，与瓦格纳一起，为瑞中友好奉献甚多。年轻的王锦几乎是在瑞士长大的，在瑞士求学期间，居然遇到了一个也在瑞士读书的昆明小伙子吴睿，此时已远嫁昆明。真是世事蹊跷，机缘巧合：说来，吴睿在瑞士上的学校，正是瑞士联邦工学院，虽说比奥托·麦斯特尔小100岁，倒也算是奥托·麦斯特尔的小小校友，又是一番因缘。希尔维亚迅速与王锦取得联系，并请王锦着手翻译该书。其时，离预期的昆明展览已为时不多，王锦虽有别的工作，仍觉义不容辞，花了整三周时间，便初译完成了《笛声》一书的中文打印本。随着事情的进展，王锦也对希尔维亚有了更深了解，以至如今，王锦不仅是《笛声》一书

的翻译者,还和吴睿一起,成了希尔维亚几次云南之行的联络者,以及到中国昆明办展的牵线人。在我看到的那个展览开幕后不久,吴睿便亲自开车,陪希尔维亚和霍赫做了第四次考察。依然是去滇越铁路,来云南四次,似乎远没看够。如今的滇越铁路早已停止客运,他们便特意去往古城建水——那里至今还完好地保有国内仅次于曲阜孔庙的全国第二大孔庙——乘坐了一段米轨观光火车。滇南的风从车窗外扑来,拂过她的发际,熏暖了那颗瑞士的心。不足一小时的车程,葱郁秀美的滇南风光,料想会让希尔维亚再次想起祖父老麦斯特尔,也想起她从故乡去苏黎世求学的那段旅程。早年的那个谜,已然解密。让她觉着欣慰的,是《笛声》一书在中国出版一事,已开始洽谈——就在昆明翠湖边那次聚会中,专意赶来的云南人民出版社文化读物编辑部主任海惠说,她对看到的那个中文译本很有兴趣。

至此,关于一个瑞士工程师与滇越铁路的古老故事,百年后再续新篇。

6

几天后,希尔维亚一行已回到了瑞士。但她说他们还想再来,来中国,来云南,来看她祖父修建过的那条古老铁路。她和霍赫先生期待着明年来昆小住,并和几位中瑞艺术家举办正在联系中的联展。——那一切,都演绎着麦斯特尔家族的百年梦寻:对麦斯特尔家族一家三代,东方一直既是异乡,也是远方。当我们念叨着"生活不止于眼前的苟且,还有诗与远方"时,远在瑞士的麦斯特尔家族,早就行走在寻找诗与远方的路上。老麦斯特尔选择了中国,放逐甚至挥霍他的青春,奉献他的智慧与才干,希尔维亚选择中国,云南,寄放她对家人的怀想,表达她对这个古老民族的敬意。一个家庭,与一片异国土地的情感交集,穿越两片大陆的万水千山与百多年时光的分分秒秒,就这样绵延着、纠集着、缠绕着,想想都让人为之动容。

时代抛弃它创造的林林总总,总在不顾一切地往前走。现代工业

笛荡幽谷
——1903—1910 年一位苏黎世工程师亲历的滇越铁路

文明留下的许多规模巨大的工业遗址，恭逢信息时代，倒变成人类的负担。如何利用这些建筑虽说是个难题，却已不乏先例，借助于它们对过往的回顾，是得以让我们校正前行之路的罗盘。与保护以古老的"人字桥""碧色寨"车站为标志，长达四百多公里的滇越铁路建筑实体相比，滇越铁路建筑文化的保护，乃为近、现代工业遗址文化保护的一部分，工程巨大、浩繁，其艰辛绝不亚于当年这条铁路的修建；而这件让人铭记历史的事情，我们或还没做，或做也才刚刚开始。期待。期待千百个麦斯特尔家族，从历史的幽远中站出来，为那段历史佐证，已是题中之义。

时间专注于掩埋与消解，从不屑于披露与招供。欲一睹历史的真相与幽微，必先刨开时间的堆积层，深挖细掘。百年后的今天，我们获知老麦斯特尔有关滇越铁路记录时的欣喜，与 1908 年 10 月 31 日，他在滇越铁路 104 公里处记下的快乐，庶几款曲相通，而希尔维亚姐妹读到这些文字时的欢喜，亦复如是："前天我们举行了一个庆祝活动。火车在我们的工段，104 公里处，通车了。……我在这里工作了五年，在经常遭遇暴风雨的荒野中，在暴晒的阳光下，在物资紧缺的情况下历经艰辛。常常我不能确定能看到这个黑色的庞然大物。终于它来了！在荒凉的山谷中回荡着汽笛声。当地人惊奇地张着大嘴，看着这个新东西，这个由洋鬼子带来的火车。现在我们和世界连接上了……"

2017 年 12 月 15 日于昆明·湖光里

奥托·麦斯特尔在他位于上海的办公室里

奥托·麦斯特尔，远东的魅力

奥托·麦斯特尔，远东的魅力

一位冒险家的生平介绍

乌尔苏拉·麦斯特尔－卡迪

  呈现在您面前的这本书汇集了工程师奥托·麦斯特尔先生的书信、日记和他拍摄的照片。奥托·麦斯特尔于 1873 年 8 月 16 日出生于瑞士的赫尔根，于 1937 年 3 月 28 日在中国的上海去世。在 20 世纪的头十年里，他从远东向瑞士的家人和雇主寄出了上述书信、日记和照片。这些资料把我们带回了 1903 年至 1910 年。在此期间，他先是作为助理工程师，很快作为分段总工程师参与了滇越铁路的建设。滇越铁路南起当时的法属东京（今越南北部），北至中国云南府（今云南省省会昆明）。照片和草图显示，在这块部分位于热带气候地区，山高谷深，道路经常无法通行的土地上，工程的修建难度可想而知。奥托·麦斯特尔结束了滇越铁路的建设后前往日本。他于 1911 年至 1922 年为总部设在瑞士温特图尔的苏尔寿兄弟股份公司工作。奥托·麦斯特尔历时八个月，经墨西哥回到瑞士后又与家人迁居中国的上海。他在上海创办了苏尔寿兄弟股份公司的东南亚分公司，并从 1922 年至 1937 年负责整个东南亚的业务。① 在此期

---

① 对照：卡琳·班茨格：《在上海的苏尔寿先锋》，见《崏温特图尔年鉴 2010》，温特图尔出版。

笛荡幽谷
——1903—1910年一位苏黎世工程师亲历的滇越铁路

间奥托·麦斯特尔见证了当时中国的混乱局面，也目睹了蒋介石领导的国民党和毛泽东率领的共产党之间的斗争。幸运的是，数量庞大的物品如文件、信件、日记和照片在麦斯特尔家族中得以保存下来。

奥托·麦斯特尔留下了874张银版玻璃底片和超过1000张照片；同时还有明信片，报纸简报，文件，通行证，学习和工作证明，五百余封信，三本日记和写给苏尔寿兄弟股份公司的简报……他几乎没有遗漏任何值得注意的事情，所见所闻事无巨细都被不间断地记录下来：几十年间他寄回家中大量的信件和照片，其中大多是给父母的，另一些是给予和他关系格外亲近的弟弟艾迪（1880—1954）和弟妹艾米（1880—1967），以及他在苏黎世学习的儿子弗莱迪的。

埃米尔·麦斯特尔和他的女儿罗尔莉，苏黎世阅兵广场，1898年

苏黎世市中心的青年时代

一位严谨的、冷静的人,衣着朴素,生活俭朴,一丝不苟,准时,温和,通情达理,总之,一位生活在另一个时代里的脚踏实地的瑞士人:这就是老奥托·麦斯特尔留给他的儿子阿尔弗莱德(即弗莱迪——译者注)·尤塔罗·麦斯特尔的印象。阿尔弗莱德1913年出生于日本的北海道,1987年逝世于瑞士的洛迦诺,是一位建筑师。

奥托·麦斯特尔的父亲,埃米尔·麦斯特尔(1847—1921),出身于苏黎世的一个古老家族。麦斯特尔家族在苏黎世的历史可以根据族谱追溯到1400年。① 埃米尔于1881年在苏黎世老城区的敏斯特霍夫和施道新街的转角处开了一家小小的珠宝店。这家声誉良好的店铺随着时间的推移很快扩展到三家店面:一家银器店、一家表店和一家珠宝店。起初店面位于苏黎世的阅兵广场,如今由他的孙子和曾孙经营的店面位于火车站大街。奥托的母亲,艾丽萨·海斯·冯瓦尔德(1852—1884),出身于苏黎世本地一个富有的家庭,在生下她的第八个孩子后不久就去世了。埃米尔于1888年再婚,妻子是来自布格道夫的茱莉·阿什利曼(1861年出生,卒年不详)。

奥托·麦斯特尔是九个兄弟中的老大,长大后对于继承他父亲的事业没有任何兴趣。也许在他的血管中流淌着追求独立,富于冒险精神的血液,命运注定将会把他带往东方。在他于1896年从瑞士联邦工学院(今天的苏黎世联邦理工学院)土木工程系毕业并获得民用建筑工程师称号后的几年内,他积累了很多重要的工作经验:先是为苏黎世的斯考克公司在策尔和阿劳工作了很短一段时间,然后在丹麦的兰讷斯从事桥梁建筑项目直至1899年。他用速记的方式详细地写日记的习惯也正

---

① 他的一位祖先是雅克布·海尔里希·麦斯特尔(1744—1826),神学家、作家和政治家。玛丽·拉瓦特–斯洛曼为他写了一部美好的传记:海尔里希·麦斯特尔,美好时代的生活艺术家(苏黎世,1958年)。他和家族中其他成员也在施特里克的书中出现:苏黎世的麦斯特尔家族(葛鲁尼根,1919年)。

是始于这一时期。从 1899 年至 1903 年他在西班牙位于可的斯附近卡冉卡的塞阿斯纳（Seearsenal）的旱坞工作。

当欧洲快速扩张的工业国家在其殖民地的大型建设工程不断涌现的时候，奥托·麦斯特尔意识到这个新时代可能会带给他新的天地，于是他离开小小的瑞士，奔向远东。他的目标是法国意在将其殖民地越南与中国连接起来而兴建的浩大工程——滇越铁路。

寄自马德里的明信片，其中文字提及奥托·麦斯特尔获得了"法国印度支那铁路建筑公司"修建滇越铁路的职位。1903 年 4 月 23 日

在工作和冒险之间：中国南部山区的铁路建设

奥托·麦斯特尔的旅行始于 1903 年 6 月 16 日，他登上了从马赛出发的蒸汽轮船"雅拉"（Jarra）号，驶向印度洋方向。经过两个月颠沛的旅程，途经苏伊士运河到河内，再从河内换乘桨轮汽船沿红河溯流而

上至老街。

作为连接不久前刚建成的河内至老街铁路段，和在建的老街至云南府铁路段的结点，老街是旅客、货物和物资供给的重要中转站。1903年8月中旬，身材高大的奥托·麦斯特尔骑着个头矮小的滇马，随着驮有重物的骡子驮队抵达法国领事馆（方舒雅，1900年至1903年任法国驻云南昆明的领事）。法国刚刚于1898年从中国获得许可，在云南建设铁路，进行贸易活动以及设立领事馆。铁路项目的实施是为了连接法属东京和北部中国，促进和印度支那的贸易，以及使法国更好地利用云南的矿藏。最后一个目的并没有实现，因为矿床的探明储量不是非常丰富，矿石的品位也不是特别高。在此期间除了茶叶以外，鸦片是唯一值得运输的货物。

1903年法国铁路公司的决策层已经规划好路线，除了一些必要的小小修正外，这条线路的修建从整体上来说是可行的。尽管法国人设计的路线相较英国人设计的（滇缅铁路，未建）而言要容易一些，这仍是一条建设难度很大的路线：由于湿热的气候，尤其是南部，这一地区基本上是一片蛮荒，鲜有人烟。铁路将要穿过幽深曲折的高山峡谷，经常有商队带着他们的给养迷失在那里。为了运送货物，人们不得不临时修建桥梁和便道，有时还要搭建竹筏，以便横渡河流。如此地理条件使供给异常困难，因为该地区几乎无人居住，所以一切所需物资都必须由人和骡马运送进去。

当奥托在云南南部的阿迷州的临时住所安顿下来后，他接受了分配给他的那段铁路路线的建设任务。这段路线所在地的环境对身体健康极其不利，难以计数的蚊子、脚气病和周期性肆虐的传染病夺去了很多人的生命。

雨季期间，由于这个地区的南部靠近红河，所在的南溪河谷又属于热带气候，所以"湿热且不利于健康"。这种气候条件下植被分布及地形走势都影响并决定着生活和工作的条件。尤其对于工人来说，生活条件的艰苦超乎想象，以至于他们无法长期坚持下去而不得不持续地更换

笛荡幽谷
——1903—1910年一位苏黎世工程师亲历的滇越铁路

人员。奥托·麦斯特尔用丰富的语言描述了这一切，其中包括工程师们和建筑公司的关系，以及他们和中国工人之间紧张艰困的关系。鉴于这种情况，很多来自幅员辽阔的中国其他地区的工人会想方设法逃跑也就不足为奇了。

在信中奥托·麦斯特尔还写到了叛乱者和强盗们数不清的偷窃和抢劫行为。对此当地的执法者通常会把肇事者斩首，为威慑众人，砍下的头颅被挂在竹竿上，或是放进木笼子，挂在城墙上。奥托·麦斯特尔看到将军或知府出行的华丽队伍，华美的轿子，大红伞，后面跟着官员和随从，这些人身着形形色色的制服，戴着几乎不成形的帽子。

那一年随后的日子里，生活条件随着工程向北进展而好转。有了来自山上凉爽的新鲜空气，气候不再闷热得令人难以忍受。奥托·麦斯特尔升任分段总工程师，责任更加重大。工作内容包括规划以及领导他所负责的路段内的全部隧道和桥梁的施工建设。其中包括今天已经成为整个滇越铁路标志性建筑的人字桥。人字桥的得名正源于它那看上去就像中文里"人"字的造型。它所跨越的陡峭深谷使得它的建设成为一个巨大的挑战。

奥托·麦斯特尔和石坎千代在上海

在铁路建设即将结束的时候，中国政府追加了一个要求，以此打破外国铁路公司的垄断。这就意味着在外国职员工作合同期满后，该职位将改由中国人担任。

1900年至1911年由中国伟大的革命者孙中山领导的中国革命，结束了清朝的统治。这次革命与同期的1905年印度革命（反抗英国统治）、俄国革命、1907年的土耳其革命，及1908年的波斯革命有着历史的关联。随着清朝统治的结束和朝廷派驻全国各地官员的离职，整个国家包括铁路部门处于风雨飘摇中。鉴于这种政治动荡的混乱情况，奥托·麦斯特尔决定离开中国。

日本，真爱

离开中国后，奥托·麦斯特尔于1911年1月在日本东京停留，此期间在写给他父亲的一封信中提及，他正在东京等待来自柏林的关于未来工作安排的答复。同时他也开始考虑到南美去一趟，几年后他旅行时途经墨西哥，实现了这个愿望。①

在东京停留期间，奥托·麦斯特尔建立了很多重要的联系，他也被瑞士外交部门的高层视为中国通。作为中国问题的顾问，当时他给瑞士驻东京的大使写了封信。应大使的要求根据他自己的经历和看法，谈及瑞士在中国开设领事馆的可行性，当地局势对于中国人、外国人，尤其是瑞士人有何影响，以及瑞士和其他国家驻中国领事馆，大使馆的关系如何。奥托·麦斯特尔是最了解这些情况的人，最后他写道，鉴于最近持续不断的动乱局势，像瑞士这样一个小国家要在中国开设领事馆，需要军事力量的保护。②

之后他回瑞士待了几个月，受位于温特图尔的苏尔寿兄弟股份公司的委托，负责东亚事务（中国、日本和印度尼西亚）。彼时苏尔寿兄

---

① 奥托·麦斯特尔，东京，1911年5月4日。
② 奥托·麦斯特尔，东京，1911年1月10日。

笛荡幽谷
——1903—1910年一位苏黎世工程师亲历的滇越铁路

弟股份公司主要生产轮船和工业用的蒸汽机及柴油发动机。1911年奥托·麦斯特尔先在东京，然后于1913年到1922年在神户工作。由于他懂中文，以前曾在中国有工作经验，所以1921年他在上海创办了苏尔寿公司的分公司。

他在日本度过了十年平静的生活。在他的记录中，日本看上去是一个逐渐现代化的国家，正在犹豫不决中向外部打开大门。他描写了当地迷人的风景和多样的植物。花园和公园里人与自然所体现的和谐。他惊叹于菊花、山茶和樱花的美丽。奥托·麦斯特尔在日本最初停留的期间认识了石坎千代，并与她结为人生伴侣，还有了共同的孩子弗莱迪·尤塔罗。千代在当时是一位受过良好教育的女士，懂英文，为大使馆做翻译工作。她精通各种不同的日本艺术，书法、绘画、音乐和茶道。这些在日本传统中具有很深的精神意义。它们的目的是创造一种身心和谐及泰然自若的氛围。就如千代和她的姐妹以及儿子弗莱迪·尤塔罗的照片所展示的一样。千代弹日本筝，这是一种以丝线为弦的日本传统乐器。她还精通日本的插花艺术——花道（日语称之为活着的花）。千代的父亲应该是出身于

石坎千代和儿子弗莱迪·尤塔罗，1918年于神户

一个武士家庭，这么推测，是因为在1920年的全家福照片上可以看到他严肃的形象。

石坎千代（中）和她的儿子弗莱迪及她的妹妹。大约摄于1915年

石坎先生和他的四个女儿及他的外孙弗莱迪。1918年于东京

笛荡幽谷
——1903—1910年一位苏黎世工程师亲历的滇越铁路

千代和儿子弗莱迪在上海

奥托·麦斯特尔在国外分公司的工作性质让他可以每隔三到四年回瑞士一次。艰难的旅行每次都要耗时两个月，途中还会不时遭遇一些危险的情形。回程路线几乎绕过半个地球，不是从神户出发向西经苏伊士运河至马赛，就是向东根据他的任务选择不同的路线，横跨太平洋，或者经旧金山到纽约，或者经墨西哥到巴拿马，再越过大西洋到英国。

出于对他的家庭的担心，他用加拿大元买了一份寿险，但受20世纪20年代通货膨胀的影响，这份保险最后一钱不值。所幸随后的几年，从瑞士挣到的钱令他得以在日本买了一处房子。

不同于儿子弗莱迪，他的妻子千代终其一生，也没有到过瑞士。

穿梭于前线的回程

1914年4月11日，奥托·麦斯特尔从神户出发返回瑞士。路线选择的是经夏威夷群岛、墨西哥和巴拿马，然后乘船于7月5日到达英国的埃文茅斯。此行也是一次商务旅行：他的任务是考察瑞士工业中处于

奥托·麦斯特尔,远东的魅力

世界领先地位的机械制造在各地的贸易空间和市场潜力。在奥托·麦斯特尔的日记中能看到他关于与瑞士驻墨西哥城的领事及一位瑞士材料商人的谈话记录。两位老乡告诉他以下的一些情况:墨西哥城以北是政府军和"叛军"在交战;南部萨帕塔人很愤怒;从西边曼萨尼约和瓜达拉哈拉来的叛军正在逼近;东面美国人占领了韦拉克鲁斯——内战看起来是不可避免的了。民族主义和社会主义的因素搅和在一起,乱成一团麻,让人无法看清真相。奥托·麦斯特尔的日记是独特、原始的资料。从中不仅可以了解到萨帕塔和潘乔·比利亚所描述的不断蔓延的墨西哥革命运动当中发生的一系列具体而微的小事件,而且可以看到中美洲色彩丰富的小村庄和城市,那里的居民,以及其中富有的大地主与穷苦老百姓的对比。

他乘火车穿行在墨西哥南部恰帕斯——印第安人的故乡尤卡坦:"这里的人们几乎都是完全原始的印第安人,他们大概还都保留着自己的习惯。这是外表和善、漂亮、强壮、幸福的一类人群。他们怠惰却热衷于战争,所以他们应该当士兵而不是工人。用正直、真诚和衷心来赞美他们是毫不为过的。"

奥托·麦斯特尔1914年最终认为,墨西哥不适于瑞士人投资。那里的革命运动矛头指向殖民者,所以欧洲人大量撤回他们的投资。奥托·麦斯特尔记录的是一个充满激情的片段,它清楚地展示了天真和强权,意识形态和混乱,适应和绝望的混合,这也许是典型的革命的特征。奥托·麦斯特尔以他特有的幽默方式记录了当时的情景:

"一个中国人,背上背着一捆东西,汗流浃背地在公路上慢腾腾地走着。后面来了一队士兵。中国人被挡下来,士兵中的首领问他'支持哪边'?

"'迪亚斯',他猜道,结果是当然被马德罗的追随者打了一顿,还被抢走东西。

"他的家当被抢走真让人难过,老茧摩擦着地面,这个中国孩子继续前行。又来了一队佩带武器的人马,'支持哪边?'

笛荡幽谷
——1903—1910年一位苏黎世工程师亲历的滇越铁路

"这次这个中国人想:说自己是迪亚斯的人根本行不通,那就试试马德罗吧。'马德罗。'他兴奋地喊道。但这次他遇到的是政府军,可怜的黄皮肤的人,被打倒在地并被扔到路边。

"终于他振作起来,拖着自己的身体继续前行。但是刺刀和大刀又在闪闪发光了。一把手枪抵住了他的鼻子下面,又是同样的问题'支持哪边'?惊魂未定的中国人颤抖着用中式西班牙语说道'你先说'!"

旅行中大部分是乘火车,有的路段还要乘坐牛车或者骑马,从洪都拉斯到巴拿马则是乘一艘旧船。奥托·麦斯特尔在其日记中描述了途中繁茂的、多样的植被以及他从墨西哥城所在的高原一直到海边沿途观察到的景象:

"下午4点我们到达了美丽的科利马,这里地势已经相当高了。我们将在此地过夜。这里的景观秀丽,太阳下山了,在城市公园的后面,棕榈树和芒果树之间夹杂着开满火红的花朵的'火树'。整个景象就像是一处不为人知的童话世界。"

最后离开墨西哥的旅程也并不容易:

"我从Z.先生那里得知,没有通行证我既不能离开墨西哥,也无法进入危地马拉,我信心满满地拿出我那花费了二十法郎在旧金山办理的通行证,换来的却只是一抹同情的微笑及我随后得知这个通行证一文不值时的愤怒。只有驻危地马拉当地的领事签署的通行证才有效,因为他们也要挣钱生活。这都是什么事呀!那也就别无选择只能去找领事啦!在一间铺有地板的房间里我们见到了穿着衬衣和裤子,坐在摇椅里抽着雪茄的领事先生。他彬彬有礼、平易近人,要价也还算公道,只要一比索。现在只要再去警察办公室,在通行证上盖个章就大功告成了(见附件)。"

在两个月的时间内奥托·麦斯特尔持续不断地遭受到了来自昆虫的袭扰,尤其是蚊子。在抵达巴拿马时,他惊讶地发现运河所在的地区居然奇迹般地没有蚊子。原来美国人在排水的时候使用了著名的滴滴涕，这样工程得以顺利实施。整个工程建设期间有成千上万的工人死去，据称高达两万五千多人。其中的大部分死于由蚊子传播的黄热病和疟疾。工地上到处都是急匆匆工作着的人们，拼命地把工程进度向前赶，以便使运河能够提前通航；运河正式开通的时间应该是1914年8月，即奥托·麦斯特尔离开此地一个月以后。

7月初他成功登上了前往英国的船，然后从那里出发到瑞士，他在瑞士待了几个月，然后走另一个方向，回到日本。根据他1915年写的信可以得知，他在当年的1月份回到神户，也就是说，在八个月的时间里他正好绕地球旅行了一圈。

重返中国：上海

1922年奥托·麦斯特尔再次回到中国，这次是到上海，为苏尔寿上海分公司的成立举行揭幕典礼。苏尔寿兄弟股份公司位于上海的分公司坐落在市中心的外滩旁，与海关大楼、上海俱乐部、华懋饭店及一些重要的中外银行相毗邻。今天的和平饭店是20世纪黄金20年代的社交中心。上海这个大都会对西方来说也是一个重要的港口，进出口数额庞大无比。各种各样的物资在这里吞吐集散，然后通过各种交通工具运往中国的内地，日本或者西方。上海当时就已经成为中国的经济和商业中心。

霞飞路1394号

笛荡幽谷
——1903—1910年一位苏黎世工程师亲历的滇越铁路

奥托·麦斯特尔带着千代和他的儿子弗莱迪来到上海。弗莱迪此前在一所很好的英文学校读书,他成长的环境总的来说更欧洲化一些。奥托·麦斯特尔一家住在法国租界,当时的霞飞路1394号,一幢按欧式设计装修的小洋楼里,如今依着当年的老照片仍可以按图索骥找到矗立在淮海路上的这幢小楼。逐渐长大的弗莱迪穿西装,经常利用他的业余时间参加由贝登堡男爵夫人所创立的童子军的活动。

这期间发生了一件对弗莱迪来说奇怪的事情:为奥托·麦斯特尔家工作了很多年的中国厨师突然有几天没来上班,谁也不知道他的消息。当他再次出现并与奥托·麦斯特尔进行了一次谈话后就彻底"消失"了。原来厨师家里除他之外所有人都得了黄热病。奥托·麦斯特尔出于对家人的担心最终决定打发他走。小弗莱迪对厨师的突然离去感到震惊,因为他对这位厨师几近崇拜。作为一个小孩子,他当时也许不能理解父亲为保护全家不受致命的黄热病的传染而做出的决定。奥托·麦斯特尔也没有多费口舌解释此事。作为一个有着坚强和独立性格的人,奥托·麦斯特尔无论对自己还是对他人都一样要求严格。每天清晨破晓时分,他都会在上班之前先去骑马。他有两匹马——"门卡"和"救赎联盟"。这两匹

中国厨师

马对他而言是如此重要，以至于他在遗嘱中明确提到，在他去世后如何安排它们。它们无论如何不能被卖掉，而必须转交给爱马人士，最终两匹马在满足不被转卖的条件下遗赠给了警察局。

奥托·麦斯特尔是个一丝不苟的人，但这并不意味着他在工作中很迂腐。他似乎有个习惯，铅笔、橡皮和回形针等总是放在写字台的固定位置上，以至于若干年后在他办公的木头桌上留下了凹痕。

奥托·麦斯特尔和他的马。（摄于住所前）

政局混乱

在中国广袤的领土上，军阀通常和土匪强盗一起在山中作乱，经常也能看到政府军。孙中山为第一个革命党打上了民族主义的烙印。蒋介石领导下的国民党和毛泽东领导下的共产党共同对抗北洋军阀，促成国家统一。局面是无法形容的混乱，到处都能感受到局势之紧张。奥托·麦斯特尔就亲身经历了1925年至1927年发生在上海外国租界里的事件，他多次写信把这些经历告诉他的朋友约瑟夫·洛克（科学家、《国家地理》杂志撰稿人），并于1927年将这些启发性的报告集结成简报"中国和外国"，将它寄回瑞士苏尔寿兄弟股份公司总部。

笛荡幽谷
——1903—1910年一位苏黎世工程师亲历的滇越铁路

奥托·麦斯特尔坐在上海义勇队的山炮旁

法国人在虹桥街道入口处修建的街垒。上海，1927年

街头士兵。上海，1927年

奥托·麦斯特尔,远东的魅力

街头坦克。上海,1927年

桥。上海,1927年

兆丰公园(今中山公园)。上海,1927年

兆丰桥街垒(今万航渡路)。上海,1927年

笛荡幽谷
——1903—1910年一位苏黎世工程师亲历的滇越铁路

上海街景。1927年

奥托·麦斯特尔立于日本空袭上海后的街头。1932或是1933年

奥托·麦斯特尔在他多次沿长江的旅行中,有机会观察政府军,军阀之间无休止的战斗。他在写给苏尔寿公司总部的报告中,详细描述了他所观察到的情况。其中也有对途中见闻的描述,有一次他乘汽轮航行在长江上,危险无处不在,船随时可能会撞上冒出江面的礁石。长江两岸陡峭的岩壁造就了著名的三峡,风光美不胜收。奥托·麦斯特尔乘坐的船经过了激流险恶的佛面滩。夏季的佛面滩尤其是一处危机四伏的地方,因为上升的水位掩盖了原本露出水面的礁石。大佛的目光本可以保佑过往船只,却因为佛头没入水中而无法履行这个职责。穿过危险航道,旅行继续向前,两岸风景秀丽,如水墨画般引人入胜。山坡上的梯田、树木,在雾气中半掩半映,村庄生机盎然。

另外两份寄往苏尔寿公司的简报是"工作在中国"(1933年)和"生活在中国"(1935年)。它们通过描述中国的社会,尤其是涉及具体家庭的手工业者和农民的情况,向我们展示了一幅社会风情画卷。这些手工业者和农民不像当时的政治家及社会精英那样会受到时局的影响而消亡。

这场革命令人印象深刻的第一阶段,其间毛泽东渐渐确立的将把

奥托·麦斯特尔,远东的魅力

中国引向决定性的历史转折点的政治主张,被西方观察家认为是一场可怕的大动乱,几千年的皇家王朝从此消亡了。外国人,尤其是欧洲人,急匆匆地撤走资金,以挽救他们的投资。奥托·麦斯特尔在他1927年写给他的好朋友约瑟夫·洛克的信中显示出他的深思熟虑。从此信中不仅能看到他对事物的前瞻性,而且证明了他对远东深深的热爱:"整个中国的情况令人感到忧惧。……经济活动,尤其是英国人的经济似乎停滞不前。甚至我们的人也正考虑撤离这里。但我认为这样做的话将犯下一个巨大的错误。因为这里出现的情况,不是一个民族将要消亡时的垂死挣扎,而是这个民族新生前的阵痛。这是黑暗中唯一的亮光。"

奥托·麦斯特尔于1937年3月28日在上海去世。他没能亲身经历他所预见到的事件。今天中国和瑞士之间多姿多彩的经济和文化交流验证了他的远见卓识。

"我们的办公室"。奥托·麦斯特尔寄自苏尔寿公司办公室的明信片。办公室位于大北电报公司大楼(左)。1924年

笛荡幽谷
——1903—1910年一位苏黎世工程师亲历的滇越铁路

朋友和梦想家：
奥托·麦斯特尔、切雷索莱和约瑟夫·洛克

奥托·麦斯特尔1922年到1930年在上海生活的日子，之所以令人感到有趣，不仅是因为他作为一名工程师及与之相关的工作，而且还由于他的个人生活。这期间他认识了美籍奥地利人约瑟夫·洛克（1884—1962）。洛克是一位植物学家、研究者、自然界观察家、人类学家、语文学家和语言学家。这位在他的令人感兴趣的领域为后人带来科学成果的自修者，为世界所瞩目。洛克从上海出发，寻找中国最长的河流的源头，世界最高峰的所在。他的足迹到达偏远的中国边疆地区。

奥托·麦斯特尔和约瑟夫·洛克之间大量的来往书信被保留下来。它们正是两人之间相互尊重及友谊的明证。很显然，奥托·麦斯特尔希望自己能同洛克一道四处旅行，但是他的工作和家庭不允许他进行这样的冒险。

从黄浦江一艘船上远眺岸边景色（外滩）

东兰开夏郡军乐团。上海，1933年

街景。上海,1933 年

红庙。上海,1927 年

夜晚的霞飞路上海,1933 年

法国国庆日。上海,1933 年 7 月 14 日

在超过四十多封信中,他们描述了军阀和强盗的暴行,也讨论了洛克的地理发现。这些地理发现发表在《国家地理》杂志上,在全球范围内产生了重大影响,引起了全世界的轰动,也引发了包括洛克和《国家地理》杂志之间的激烈讨论:洛克在一篇文章中给出了位于四川(原

笛荡幽谷
——1903—1910年一位苏黎世工程师亲历的滇越铁路

文为云南——译者注）的贡嘎山的高度，据此得出它的海拔高度超过珠穆朗玛峰的结论。这一乌龙结果传遍了全世界。奥托·麦斯特尔和洛克之间的信件来往显然包含了据理力争的讨论，纠错的动力，同时也凸显了奥托·麦斯特尔在整个事件中的角色。①

奥托·麦斯特尔和洛克的信中还提到了另外两名瑞士人。他们同属于世界范围内的重要人物。瑞士第一位女医生玛丽·海姆-福格林和地质学家阿尔伯特·海姆的儿子，阿诺德·海姆（1882—1965），曾在苏黎世学习地质学。他后来在瑞士联邦工学院和大学担任副教授，以及在州立大学担任教授（1929—1931）。他对"世界最高峰"的争论表现出了浓厚兴趣。另一位瑞士人是皮埃尔·切雷索莱（1879—1945），②国际和平志愿队的创始人。作为一名和平主义者，他倡导废除军队而由民兵取而代之，半个世纪后他的愿望在瑞士成为现实。切雷索莱是瑞士洛桑人，在瑞士联邦工学院取得工程师学位，于1910年至1913年间在夏威夷教书。在那里他结识了约瑟夫·洛克。1913年至1914年他作为工程师在苏尔寿的神户分公司工作，是奥托·麦斯特尔的同事。奥托·麦斯特尔和洛克都认识切雷索莱，两人也都很珍视他们与切雷索莱之间的友谊。奥托·麦斯特尔与洛克的信件中经常提到切雷索莱的名字。1925年奥托·麦斯特尔在给洛克的一封信中写道："……他现在是民兵运动的秘书，这是一个和平组织，他们希望民兵组织能代替军队。我认为目前这项运动还无法取得更大的成就，因为社会还没有进步到如此程度。"

1937年切雷索莱到印度停留了一段时间，在那里他见到了甘地，然后经中国和美国回到欧洲。在奥托·麦斯特尔生命的最后一段日子里，切雷索莱作为朋友出现在他的日记中。

---

① 在我的博士论文中进一步提到：20世纪初欧洲经济进军亚洲和墨西哥的观点，附奥托·麦斯特尔的日记和信件。萨萨里大学，2003年。

② 对照《瑞士历史百科全书》第3卷，2004年，第260页。

最后的旅行

奥托·麦斯特尔1937年1月到4月的日记中提到他的病情：因患有心脏病，他必须放慢他的工作节奏，不能再骑马，经常感到很难受。当他意识到自己的生命将要结束的时候，他抓紧时间为保障家庭经济状况做出未雨绸缪的安排。他现存的一份遗嘱复印件的原件写于去世前一年，在上海领事馆进行过登记注册。在奥托·麦斯特尔先生的葬礼上，六位身着制服的上海万国商团的成员为他抬棺柩。他的墓地位于今天的上海虹桥墓园。

伟大的中国以它的各种充满矛盾，而又无穷无尽的可能性令奥托·麦斯特尔着迷。但是同样地，日本以它的寺庙、公园、山峰和传统也让他和这个国家紧紧地联系在一起。随着时间的推移，奥托·麦斯特尔了解并珍惜两国人民的本性和精神。他与石坎千代（千代的意思是"长寿"，千代于1982年以97岁的高龄去世）一直生活到1937年3月28日，也就是他去世的那天。同年7月日军攻入上海。千代在上海度过了一段艰难的岁月。随后她因为担心中国居民对日本人进行报复行动而不得不返回日本。

弗莱迪很依赖他的母亲——他的父亲总是经常出差，每次外出时间都很长，在弗莱迪十四岁的时候，奥托·麦斯特尔把他带回瑞士。弗莱迪深感分离的痛苦，但他非常尊重他的父亲，尽管他感觉和父亲有一定的距离。奥托·麦斯特尔把他的儿子送回瑞士，一方面是为了让他接受更好的教育，另一方面由于当时中国动荡的政治局面，社会并不稳定，弗莱迪在瑞士也更安全。千代在日本会定期给她的儿子写信，但是第二次世界大战期间通信中断了。战争结束后经红十字会的努力，通信联系才得以重启并继续下去。1981年弗莱迪携他的女儿希尔维亚·麦斯特尔一起到日本，在他母亲去世前几个月，最后一次见到了她。千代在奥托·麦斯特尔离世四十五年后在日本大分县（九州）去世。

笛荡幽谷
——1903—1910年一位苏黎世工程师亲历的滇越铁路

奥托·麦斯特尔的文章简介

鲍尔·胡格

奥托·麦斯特尔在上海。1931年11月18日

奥托·麦斯特尔的文章简介

奥托·麦斯特尔所写的第一部分文字是关于滇越铁路建设的，收件人不详——据推测是一位热衷于建筑技术的人。这些信件在技术方面具有一定的文献价值。一位参与铁路建设的工程师记录了在东南亚人迹罕至的山区的工作情况，这在当时鲜有类似的文字记录流传下来。文章描述了周围的环境，显示了在技术、地理、气候和人为的条件下实施工程所遭遇的种种困难。他在文章中不仅单纯记录了技术方面的数据。在文章的开始部分是有关铁路建设的信息，而随后的部分让我们了解到参与铁路建设的人们的工作和生活情况及他们遇到的风险。我们能够感受到一位工程师所写的文字，不仅涉及技术方面令人感兴趣的话题，而且还涉及工程参与者个人的命运。包括文章中出现的虽然符合当时的惯例却令人感到不快的"人力物资"一词。整条滇越铁路包括隧道和桥梁，最终赢得了美学上的赞誉，这一点可从奥托·麦斯特尔留下的照片中得到印证。

本书的第二部分——"苦力像苍蝇一样死去"——汇集了奥托·麦斯特尔寄给他父母和弟妹的信件。这些信件向我们展示了在中国南部建设铁路时的色彩丰富而令人印象深刻的画面。奥托·麦斯特尔在这些家信中相较于他写的正式的简报，使用了更为直接和个性化的语气。他不定期地寄给在苏黎世的家人的信件文风生动、细致、准确。他的文笔足以令今天的很多工程师羡慕。这些信件描述了穿过中国边境热带和亚热带山区时的艰苦的旅行，以及多变的生活和工作条件。当时中国南部这一边远地区几乎无人提到，我们得以从这些信件中了解当时人们的日常生活。因此这些空前绝后的信件特别珍贵。[①] 我们把这些信件放在铁路工程建设的简报之后，作为一个独立的章节提供给读者。由于热带的气候以及这些信件寄回欧洲所经历的长途旅行，有些地方的字迹可惜已无法辨识。拼写基于原文的复印件。文章为原著，我们只是更正了一些无伤大雅的小错，以及在必要的地方增加了

---

① 有一个例外是皮埃尔·妈尔薄特的书：一个法国家庭在中国的经历。圣西尔卢瓦尔，2006年。

笛荡幽谷
——1903—1910 年一位苏黎世工程师亲历的滇越铁路

标点符号。副标题由编者撰写。

本书的第三部分——"整晚枪炮声不停,1929 年内战期间乘船航行在长江上"——作者仍是奥托·麦斯特尔。我们把这部分他于 1930 年 2 月 4 日寄给他当时的雇主——温特图尔的苏尔寿兄弟股份公司——的简报完整地呈现给读者。1929 年底,麦斯特尔乘船经过中国中部爆发内战的地区。尽管在他的文章中提到了内战,但实际上这场战争于 1930 年 5 月爆发,至同年 11 月 4 日结束。国民党作为一个联盟瓦解分裂了,曾经的联军变成了敌人。也就是说,蒋介石站到了他曾经的战友——军阀阎锡山、冯玉祥和李宗仁——的对立面。经过战斗,付出三十万生命的代价,蒋介石赢得了胜利。

1929 年 1 月麦斯特尔受公司委托,乘船沿长江中部进行了一次商务旅行。他经过了以自然风光而闻名遐迩的三峡,今天部分已淹没于库区的地方。正如我们从简报中看到的,穿越前线是一次勇敢的行动,显然欧洲殖民者的炮舰提供了一定程度的保护。尽管如此,此次行动仍需要勇气,毕竟被误伤的可能性一直存在。我们再次体会到他正如在之前的年代穿越南、美洲一样,所展示的无所畏惧的探险精神。今天的读者可以由此洞察到中国在抗日战争爆发前近代历史上重要的一章。

奥托·麦斯特尔的文章简介

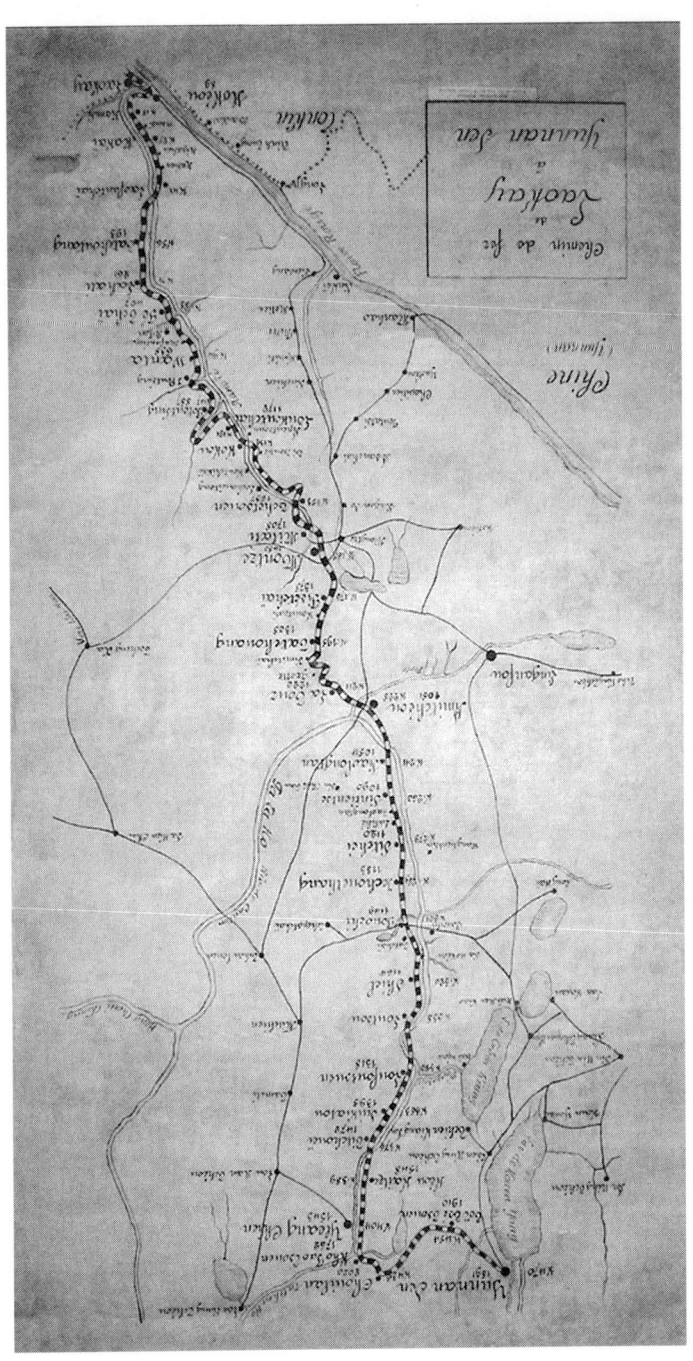

滇越铁路老街至云南府图。摘自奥托·麦斯特尔的相册

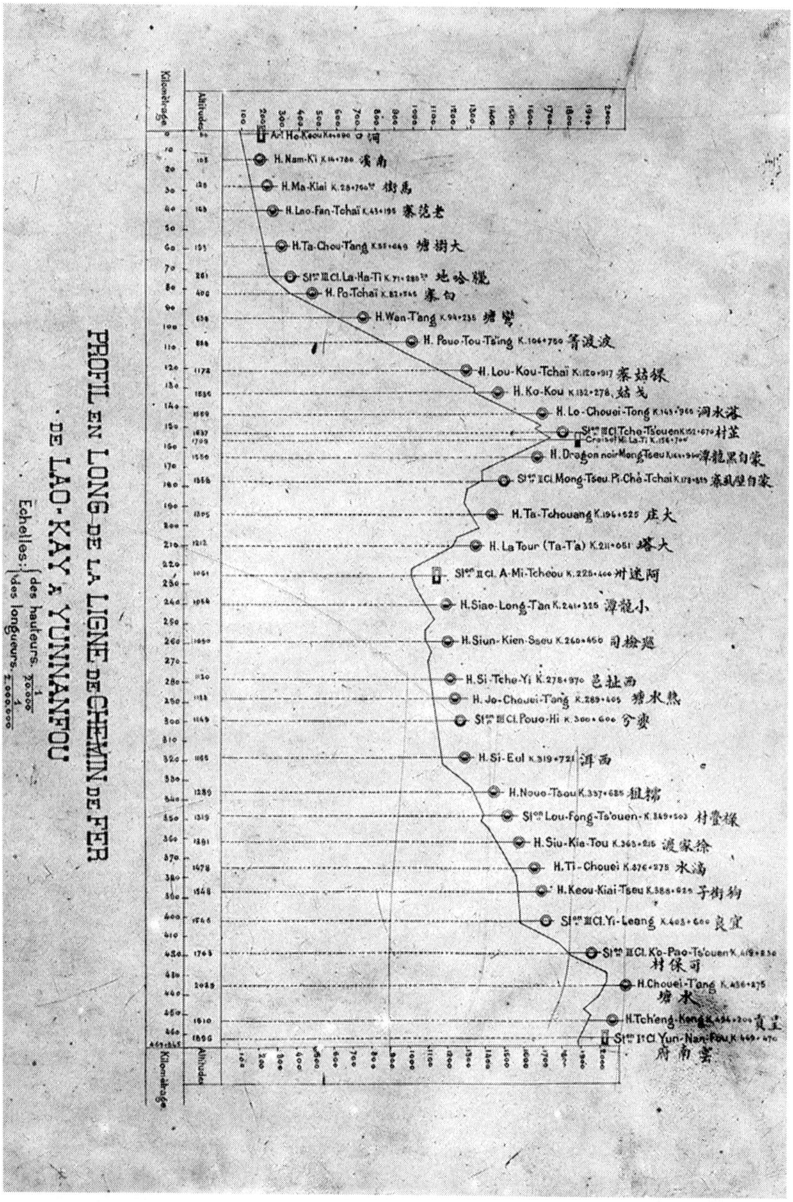

笛荡幽谷

——1903—1910年一位苏黎世工程师亲历的滇越铁路

滇越铁路老街至云南府等高线图。摘自奥托·麦斯特尔的相册

奥托·麦斯特尔在滇越铁路工作结束后,为寻找新的工作而写的简历

笛荡幽谷
——1903—1910年一位苏黎世工程师亲历的滇越铁路

"东亚最令人感兴趣的一条铁路"

云南铁路建设

奥托·麦斯特尔

在开始叙述关于铁路的事情之前,我想先介绍一下这条铁路将要穿越的土地。

作为中国的一个省份,云南位于东经98度到106度,北纬22度到29度。南面与法属东京,西面与英属缅甸接壤,北面是西藏和四川省,东面是中国的另外两个省(区):贵州和广西。云南省的省会云南府是一座拥有六七万人口的城市。

这片土地遍布高山峡谷。喜马拉雅山系从西北一直向东南延伸。河流纵横。我在这里仅提到澜沧江—湄公河、怒江、红河和长江。

气候以及与之相关的动植物分布当然随着地理位置及海拔高度的不同而变化。南部主要是不利于健康的湿热的热带气候。那里生长着芭蕉、竹子、棕榈树、棉花、甘蔗、蓖麻、橡胶树等等。在热带丛林中还有潜伏的老虎和伺机而动的巨蟒。

这一带人烟稀少,村庄大多位于空气较好一些的山上。

在海拔3000英尺的高原上气候是很宜人的。冬无严寒,几乎没有降雪,也不会结冰。夏无酷暑,在云南府我几乎没有观测到超过32摄

"东亚最令人感兴趣的一条铁路"

氏度到33摄氏度，90华氏度的气温。只是夏天漫长的雨季令人感到不舒服。

这里主要种植水稻、玉米、小麦、罂粟。当然还有种类丰富的蔬菜，众多水果如橙子、桃、柿子、苹果、梨……许多地方看上去如同一个大花园。

虽然在某些地方，尤其是峡谷里，植被茂盛，但木材资源却谈不上丰富。倒是矿产资源在这一地区确是非常丰富。

位于蒙自西边六十公里的个旧以盛产锡著名，目前对它的合理开采正在研究中。另外还有盐、无烟煤、铜、银、铁，甚至黄金的存在。

这里的一部分人口，尤其是南部地区的居民基本上是本土的山民，像蛮、苗子、蒲喇、侬人、倮保等等。他们拥有独特的，通常看上去令人非常感兴趣的风俗、语言和民族服装。一部分居民，包括许多穆斯林是从中原地区迁徙而来的。

人们讲的是从汉语普通话演化而来的方言。

马、骡、水牛等是主要的交通工具。人们还可以乘坐轿子。马可以驮大约八十公斤，水牛驮大约一百公斤的重物。以欧洲人的观点看，这里还没有公路或者说刚刚开始建设公路。所谓的省级路部分由大石块铺成，在上面行走很不舒服，它的剖面图让人想起游乐场里高低起伏的滑车道。

英国人从很早以前就尝试将这块土地纳入麾下。他们想从这儿修建连接缅甸的铁路，以形成网络。

一条曾经规划的铁路起点是目前缅甸铁路的终点站八莫，经腾越和大理府至云南府。仅仅是各种巨大的，尤其是技术方面的困难，就使得这项工程目前仍处于襁褓之中。

事实上这条铁路，主要是在腾越和大理府之间，线路和高山几乎成直角，由此产生的需要克服的高差十分巨大。

对法国人来说这件事情就简单多了。他们进入云南，可以向西北，

笛荡幽谷
——1903—1910年一位苏黎世工程师亲历的滇越铁路

沿着大部分甚至整个峡谷,无须横穿,就可建设一条铁路线。

义和拳运动之后不久,法国政府得到中国政府的许可,建设一条铁路。该铁路起始于红河边的边境城市老街,通往云南府。这条铁路由法国印度支那铁路云南公司承建,又交由法国印度支那铁路建筑公司实施。如果我没有记错的话,铁路全线长470公里,约292英里,建造总预算9700万法郎。

1903年夏天我来到这里时,铁路已开始准备修建:规范是:1米(3英尺3英寸)轨距,最大坡度25‰,最小半径50米。

由于没有精确的地图,前期的测绘工作显得更为重要,首先必须花费大量时间,克服种种困难,向各个方向勘测地形。我们使用罗盘仪、气压计、转速计、进行速写、绘制草图。

在此基础上我们得到了以下的路线:由老街沿红河至新街,沿南溪河谷到南溪村,经蒙自、临安府(今建水)、通海到云南府。

具体实施计划时马上就面临了很多巨大的挑战。尤其是南溪河谷。那里的最大坡度几经修改最终还是超出规范极限(某些点的最大坡度为35‰),为避免高差过大而必须修建隧道,包括这条铁路线位于的海拔比较高的部分,在进入云南府前,也要修一条一公里长的隧道。

总之,在1903年,即便上述线路大部分已经设立标志,画好界线后,人们还是不得不决定另外选择建设铁路的线路。这条后来实际建成的铁路沿南溪河谷下游部分,巴大河(Pa-Ta-Ho)——它属于广东的珠江水系——的上游部分修建。

铁路过距蒙自六公里的碧色寨,经阿迷州、盘溪、宜良至昆明。

线路设计规范更严格了。弯道半径不得小于100米(约330英尺),最大坡度在任何情况下不得超过25‰。这指的是在直线上的最大坡度。在弯道上,则根据公式计算对应弯道半径的最大坡度值,例如,对于半径为100米的弯道,相应的最大坡度为:$sk = 25 - 500/100 = 20‰$。

两条反向弯道之间的最短距离不得少于30米。

在直线和弯道之间是一段20米长的抛物线形过渡弯,前10米是直

"东亚最令人感兴趣的一条铁路"

线，后 10 米是由公式 $y = x3/6 \, 1 \, R$ 确定的弧形轨道。

勘测地形后线路基本上确定下来，整条线路，包含沿线宽度 500 米范围，以 1∶1000 到 1∶2000 的比例绘制成等高线图。这项工作十分艰巨。部分地区峡谷纵横，荒无人烟，无路可行，尤其是南部地区不利于健康的、湿热的热带气候。首先要开路、搭桥和造竹筏。

保障食品的供给也是个难题，马帮经常迷路或晚到。

我还记得有一次一个施工队工作了一整天，疲惫不堪，等待他们的晚餐不过是两小盒酸菜和一箱红酒，再加上一罐盐。除非自己做，否则根本不要指望能有面包。

在山区有村庄和城市的中高部地区，食物供给不再成为问题。那里基本上随处都可以得到鸡、鸡蛋、玉米和大米。

人们绘制出了第一份线路图和平纵剖面图。然后确定最终实施的线路及根据地形而确定的测量点，1/200 的横向剖面图及明确确定的长度比例为 1/5000 和高度比例为 1/500 的平纵剖面图。

按计划每隔 15 公里设立一个测量点。这在大坡度路段与平缓路段交替出现的情况下，从各个方面都被证明是非常实用且有价值的。

最终，项目情况如下：这条铁路线以海拔 90 米的老街为起点，横穿南溪河并沿河而上到蒙自附近的密腊地，在 K157 公里，海拔 1710 米处为第一处分水岭，在此修建隧道。然后下行，沿蒙自东边穿过塔庄，至位于 K225 公里，海拔 1060 米的阿迷州，再次爬坡，沿巴大河（Pa-Ta-Ho），至 K430 公里，海拔 2020 米的水塘，这里是该条铁路线的第二制高点。然后铁路线向下延伸到 K470 公里，海拔 1890 米的云南府。

普通平面图如下：

普通路基宽为 4.4 米。

堆填部分边坡坡度 1.5-1，开挖部分边坡坡度则根据地面情况有不超过 1/10 的变动。

在深切槽处，通过修建侧挡，可将基顶宽度由 4.4 米减少至 3.3 米，

笛荡幽谷
——1903—1910年一位苏黎世工程师亲历的滇越铁路

由此而降低的土方开挖量是非常可观的。

突出及悬空部分的路基由石块紧密堆叠而成，而且在弯道部分路基平面就应按照内外轨高差的倾斜度修筑。

有四种类型的隧道。第一类为无衬砌隧道，其余均为有衬砌。只是依衬砌厚度分为30厘米、40厘米及60厘米三类。

一般情况下，在高边坡地段就应该修建的挡土墙，最终出于降低成本的考虑，只在垂直的边坡处修建了。

由于沿途许多地区都有可供烧制石灰的石灰石，所以涵洞和桥梁大多因地制宜地采用石材，以石灰砂浆砌成。

由于工程难度非常大，死亡人数居高不下，整条线路首先预修了一条辅助道路。这条路部分根据埃菲尔铁塔的修建模式，由铁质、易组装、便于运输的桥梁构件组成。1903年，铁路建设开始了。

公司的组织工作情况如下：

建筑公司的总部在蒙自。整条线路的全部工程分为两个工程区，各设一位总工程师。其中一位驻扎在蒙自，另一位在宜良。

每个分区下设若干段，根据地形的复杂情况，每段负责40-60公里，由一位工程师及其助手负责。每段又每隔15-20公里设一分段，由一位普通的年轻工程师和他的助手负责。

每段有会计室、出纳室及配有一名欧洲医生的医务室。

每个分段长还会得到一定数量的来自欧洲的记工员和监理人的支持。

法国政府在老街、蒙自和云南府设立了医疗服务点。

开始认为每一小段由一位承包商负责，但投标的承包商太少，以至于每100公里甚至更长的路段由一位承包商负责。其中大多数是意大利人，只有少数是法国人。

计划在每个点差不多同时开工，整条线路在3年的时间内修完。

起初人们相信尽量使用本地的劳工和建筑材料会更方便。

"东亚最令人感兴趣的一条铁路"

但是实际情况却完全是另外一回事。

工程开工不久就遇到了巨大的困难。从一开始就令施工工作难以为继的是在线路海拔较低的部分,即人口稀少,不利于健康的地区劳工的短缺。

猎人和农民作为土著居民居住在半山腰或高原上的村寨中。这些村庄所在的位置空气好些,气候也更舒适些。

这些当地人会前来工作,但大多只干一段时间,当他们遇到诸如水稻收割或是狩猎的季节,抑或有其他紧急的事情,他们又会离开。

许多人无法忍受恶劣的气候,因此生病,甚至死去。

劳工们没有真正意义上的住房。他们自己搭建工棚,这些工棚如此简陋,甚至无法遮风避雨,抵御恶劣天气的影响。

公司内来自欧洲的员工和监理人员由于语言不通,经常和劳工产生误会,甚至无法沟通。后果就是,当地人离开未完工的铁路线,而工地上空无一人。

招聘劳工的广告一直贴到开化和新街,但前来应聘者寥寥无几,情况依旧难以乐观。

铁路公司决定招募外地的劳工。

首先招聘到的是来自四川的数千名苦力。

但是他们无法证明自己的能力。这些劳工性格倔强,无法忍受恶劣的气候,大多逃跑了。而其中也有人作为仆人为欧洲人工作,这方面他们却做得很好。

后来招聘到了6000多名来自天津的劳工。这些劳工曾经在满洲铁路的工地上工作过。

天津劳工大部分身材高大,体格健壮。他们接触过铁路建设,在很短的时间内使土方施工进度取得了非同寻常的进步。

而在山崖和隧道的施工中这些劳工却派不上用场。

很快雨季来临。气候湿热,阴雨连绵。随之而来的是疾病和大面积传染的流行病。上千名无法适应这种恶劣气候的劳工们不幸去世,而

笛荡幽谷
——1903—1910年一位苏黎世工程师亲历的滇越铁路

其他人因害怕被传染而逃离了。很快整个队伍只剩下一小部分人,而这些人也快撑不住了,他们看上去情绪低落。

同时还出现了一些其他困难。

庞大的人群(在整个线路上曾经有超过四万人工作)需要足够多的大米,附近一带的居民无法提供如此之多的大米。一些投机者希望囤积大米获取更多的利益。总之,大米的价格越升越高,工资也随之上涨,而这一切似乎看不到头。

直到人们决定从法属东京进口大米。

这是件非常费力的事情。

中国式帆船沿红河逆流而上,将大米载到老街或蛮耗(今蔓耗),然后用马或骡子运达一个个仓库。

每个公司有义务负责一定数量的仓库,并确保正确地分配大米。位于线路下段的劳工至少可以免费得到大米。

只要当地居民有足够的大米,公司可以从他们那里购买,这样省许多事。出售大米的米行自行定价,向公司出售。

其他还有医疗服务的问题。

疾病如疟疾、痢疾和脚气病在苦力中可怕地蔓延。尤其在天津劳工中,他们不洁的居住环境也助长了疾病的传播。

尽管每个分段都配备一名欧洲医生,该医生巡诊,治疗生病的苦力。但中国劳工仍希望公司雇用传统中医。

聪明反被聪明误,人们通常会从中得到非常糟糕的经验。

从公司得到的免费的但通常很贵重的中药材,被有的中医用尽可能高的价格卖给病人,病人对此的抱怨不绝于耳。

公司很快解雇了这种中医。

现在至少在对健康不利的路线下段实行了以下措施:

每30公里设立一座尽可能设施完备的医院。医院由一位欧洲籍医生和一位欧洲籍护士负责。此外每5公里有一个医务室,由一位欧洲籍医生和一位来自安南的普通护士负责。药品在医生的管理和指导下使用。

"东亚最令人感兴趣的一条铁路"

医生的职位在分段工程师之下。通常医生们每周做一次巡回检查，在工地或医院对生病的病人进行治疗。或者在医院确保死亡的人的尸体被正确掩埋。医生们还负责对传染病做预防治疗及制定卫生条例，为预防疟疾每天分发奎宁丸。

虽然存在一些难以避免的小漏洞，比如有医生虚报劳工死亡人数，以便冒领用来买棺材的钱，除此之外这套组织系统基本还是可行的。

因为招募的劳工来自远方，为安顿到来的劳工们搭建的工棚和临时木板房可以使他们安心地工作。

使用轻便的、易装卸的金属桁架可以在几小时内搭成一座临时木板房。

随后劳工们不仅能得到大米，还会得到鱼、蔬菜、衣服、凉鞋、雨衣、帽子等等。这些物品免费或很便宜地提供给劳工。

招聘天津劳工有一个最大的缺点，即来自北方干旱地区的工人不适应南方湿热的气候。来自上海和宁波的劳工也好不到哪里去。

人们试图纠正这个错误。越来越多地开始从福建招聘劳工，更多的是南方的两个省，即广东和广西。

这项措施很快取得了良好的效果。死亡人数大幅下降，工作效率大幅提高。

这并不意味着来自广东和广西的劳工更值得赞美。

事实上这些劳工很难管理，性格倔强，他们的方言在这里也没人能听得懂。

他们中的许多人开始积攒他们拥有的东西，开一个小铺子做买卖。

他们这样做的好处是，人们可以从广东人工作的地方以相当低的价格买各种东西，从头绳到香槟酒。

整个村庄从地下涌了出来。

当然这些来自广东和广西的人们并不是从社会上层招聘而来的。他们罢工，偷窃，侵犯当地居民，抢劫，甚至出现了不止一块像海盗一样的小地盘。

笛荡幽谷
——1903—1910年一位苏黎世工程师亲历的滇越铁路

　　这里只举一个例子。瓦尔公司的职员携带他从段上领到的钱回家。半路被抢，所幸抢劫没有成功。一方面归功于中国警卫人员的勇敢的护卫，另一方面由于抢劫者的子弹射偏了。

　　但是总的来说，这些来自两广的人们比帮了我们大忙的天津劳工爱干净。

　　也曾尝试过招聘来自法属东京的安南人。尽管安南人机灵，容易满足，温顺听话，却不能胜任工作。他们身材矮小，体力有限，抵抗力不如广东人强。

　　只有在特殊情况下，安南人发挥了他们的优势，比如架桥、铺铁轨、敲石子等等。

　　雇佣欧洲人做工人是另一个失败的尝试。

　　不像中国人，意大利人需求太高，困难太多，付给他们的工资也太高，他们仍然不能适应这里的气候。

　　许多人死去，剩下的完全丧失了勇气，他们被运送回家。

　　人员、物资包括食物和住所的匮乏并不是唯一的困难。

　　附近缺少木材，即烧石灰和烧砖所需的木柴，人们不得不经常使用野生灌木丛和草来代替。

　　很多地方缺少能烧石灰的石灰石。人们必须花高价，从法属东京运水泥来。（由于经常下雨）水泥要装在小桶里，用中国式帆船和马运到工地上。每匹马驮两桶，每桶水泥重40公斤。

　　一些重要建筑所需的花岗岩石块也从法属东京运来。

　　随后人们发现中国炸药，或许是自己生产的黑色粉末状炸药因为雨水而受潮，而且工艺简陋，十分危险。人们开始使用甘油炸药。

　　由于线路下段气候恶劣，施工非常困难，工程进展速度很慢，必须修改条例。

　　整个组织工作必须重新来过。

　　从0公里到74公里处设立了一个"南溪分段"。该段有自己的工程师专门负责，驻地在老街。

"东亚最令人感兴趣的一条铁路"

建筑公司数量，职员特别是医生的数量大幅增长，同样大量增加的还有来自附近的做劳工的居民。

水泥目前可以以较大量地进口，水泥混凝土用来砌墙。因为这样建造得更快，对工人的熟练程度要求低一些。

大多数大型石桥建筑时间太长，因此用钢铁来代替。它们采用了巴黎巴蒂尼奥勒公司的支架桥结构。

1906年是少有的特别干旱的一年，因此有利于工程的进展。

然而1908年的春天一个人们始料未及的情况打乱了所有的计划。

因为在云南突然爆发了"改革运动"。这是一场反对中国清朝统治的运动，这场运动旨在在中国引入共和制。

老街对面的边境城市河口在一夜之间被起义者攻陷并被抢劫。没有被消灭的守城者不是逃跑就是投降。很快整个云南南部和广西的一部分被起义者夺取。

当一部分起义者沿红河溯流而上，另一部分攻陷了开化（今文山州大部分），应该还有第三部分在河谷，沿着南溪部分已经修好的铁路线向蒙自方向前进。

中国政府立即做出反应。从广东和查里（Tcha-Li）调集了大概一万人，包括训练有素的欧式军队。

不间断的小冲突开始了。

一开始还是进行得多少有些从容不迫。

听说，反叛者从河口带来了炮管，但没有携带炮架，所以他们直接把炮管架在地上使用。

当时中午正值最热的时候，一到午餐的时间，交战双方会停下来，以便让人可以安静地吃饭并午睡。

随着受过欧洲式训练的政府军队的到来，情况当然很快转变。

几天之内起义运动以失败告终。河口的堡垒重新飘起了黄色的龙旗。

奇怪的是，在此期间火车仍基本准时运行，未受特别的影响。

有几回火车被打中，但无人受伤。

笛荡幽谷
——1903—1910年一位苏黎世工程师亲历的滇越铁路

起义者感到心满意足的是，他们向路过的旅客炫耀他们砍下的政府军士兵的头颅。

河口的一些仓库遭到了哄抢，除此之外欧洲人并没有遭受到任何其他的损失。

除了一点激动和拖延以外，这场战争没有给我们带来进一步的影响。

但最糟糕的是，很多劳工因为害怕而逃跑了。

施工继续进行，铁轨铺设至南溪河谷之外，速度大为提高。每24小时可以推进2000多米。

由于虫子和潮湿的气候，所有的木头都会在短时间内被蛀蚀腐坏掉，因此轨枕甚至是电报机的天线都是以金属制成的。

1909年在铁路线快要完工之前，线路的北段发生了好几次大的地震。地震在盘溪和西洱造成了很大的损失。

车站建筑物、蓄水池，一些隧道和桥梁受损严重，甚至被完全损毁。

但是在比较短的时间内，这些设施就重建完成。1910年的春天从老街到云南府全线通车。

可以说，这条火车线是东亚最令人感兴趣的铁路线之一。

大而深的切槽，高高的挡土墙，石桥、钢桥和高架桥轮番交错、相互连接。有的地段地质条件恶劣，无休止的滑坡迫使人们不得不修建厩檐和涵洞以保障通行。

在另一处，由于滑坡造成了宽度达40米左右的决口。

人们只有建造一座50米长的临时性的钢桁架梁用以为后继施工提供必要的支撑。之后，经过反复勘测，最终在更低处找到了合适的地基，接下来修建一面挡土墙，然后将坡度为1/1的水泥浇固的路基和铁轨，通过铁杆锚固于内部填充石块的水泥墙体支撑的石质斜坡上。

随后使用特殊的支架，将临时桁架梁侧向滑移并拆除。

在众多高架桥中，特别值得一提的有两座。一座位于83.7公里处，跨越老水河（Lao-Choui-Ho），另一座位于112公里处，跨越北河（Pei-Ho）。

"东亚最令人感兴趣的一条铁路"

83公里700米处。1908年3月29日

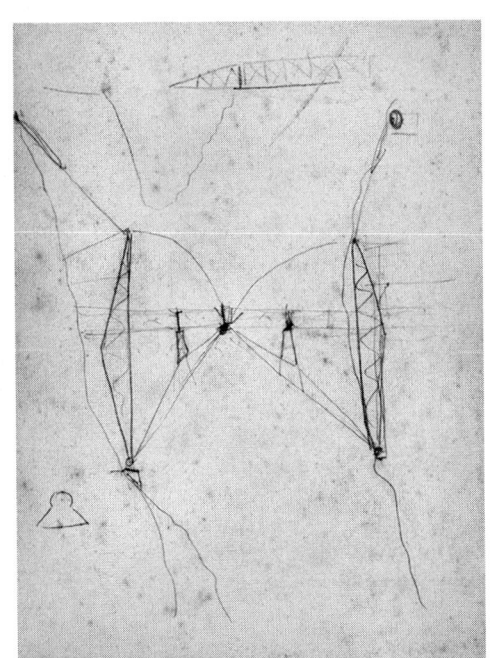

奥托·麦斯特尔绘制112公里处人字桥手稿。五家寨人字桥因其形状类似汉字"人"字而得名

笛荡幽谷
——1903—1910 年一位苏黎世工程师亲历的滇越铁路

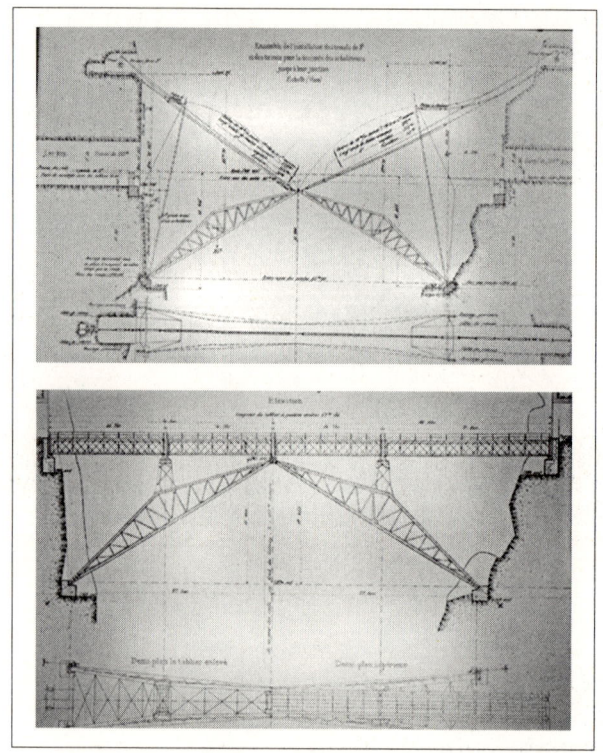

建设图纸

隧道洞口

"东亚最令人感兴趣的一条铁路"

人字桥初现

112公里处,蒙自附近　　　　　112公里桥。蒙自附近。1908年6月21日

笛荡幽谷
——1903—1910 年一位苏黎世工程师亲历的滇越铁路

合龙。早上 7 点。1908 年 8 月 16 日

合龙。早上 8 点。1908 年 8 月 16 日

合龙。早上 9 点。1908 年 8 月 16 日

"东亚最令人感兴趣的一条铁路"

合龙。中午。1908 年 8 月 16 日

合龙后的人字桥

笛荡幽谷
——1903—1910 年一位苏黎世工程师亲历的滇越铁路

完工后的人字桥

  第一座是一座弯道支架桥，高达 45 米，间距 8 米的 16 座钢支架，每两个一组连接为一个桥墩。

  施工时，在轨道式旋臂起重机的帮助下，修建一个支撑架，然后架设与之连接的桥面。

  112 公里处的跨越北河（Pei-Ho）的那座桥长 67 米，高大约 90 米，看上去更有意思。（此处指人字桥——译者注。）

  铁路线在此形成了一个迂回。

  火车将从一个隧道驶出，跨过一个奇幻的深谷，紧接着又钻入另一侧的隧道之中。

  我当时参与了包括测量、挡土墙修建等前期准备工作在内的整个工程建设。

  距离主要采用三角测量法测量，有时也用一个挂在滚轮上的钢卷尺测量。最终为此专门在巴黎制作的卷尺，考虑到温度变化造成的热胀

"东亚最令人感兴趣的一条铁路"

冷缩的影响，需要引入卷尺测量时的张力对测量结果进行误差补偿计算，因此在卷尺两端均连接着测力计。

此桥由两个安装在铸钢球窝支座上的主斜撑构成。上面有两个小柱墩及四段相互独立的承重钢梁。钢梁的两端并不固定。

首先建造两个带球窝支座的基座，在支座上沿垂直方向组装两个主斜撑，然后利用铁链和滑轮组让两个主斜撑相向倾斜至相互接触，将两活动端彼此铰接，之后在其上修建两个小柱墩。

在老街一侧的隧道内，四段承重钢梁依次连接在一起，就像一个连续的承重钢梁一样。每连接一段就利用滚轮将其向外滑出，直至达到另一侧。四段钢梁就位后，拆除它们之间的连接，这样就把它们安装在各自的支撑柱上了。

隧道为数众多，总计约有140个，仅在我所工作的分段就有45个。但大多数隧道都不算长，最长的也不到600米。

不仅从技术角度，而且从沿线景观而言，这条铁路都堪称是远东最美也最有意思的。

犹如一幅渐次展开的风景画，开始于下段繁茂的热带丛林、竹子、芭蕉、蓖麻、棕榈，随后是南溪河谷奔流不息的溪流，银链般闪亮的瀑布，幽深的峡谷，泽州（Tse - Tchouen）植被茂密的山头，蒙自众多的村庄和大片的稻田。塔塔（Ta-Ta）荒寂的山区，裸露的岩石，阿迷州一片葱绿，巴大河（Pa-Ta-He）的莽莽山谷，最后是云南府的湖光山色。

至于这条铁路的造价，已经远远超出最初预算的1亿法郎。虽然我无法给出具体的数字，但我估计，整个470公里长的铁路，包括建筑和材料的总花费应该在2亿法郎左右。

最后说到云南铁路网发展的可能性，我想这条已建成的连接云南省首府及法属安南海防港的铁路，将成为一条主干铁路。在云南府已经有一家中国公司在规划，研究通往金沙江峡谷水富的路线。而这只是修建通往富庶且人口众多的四川省首府成都的铁路的第一阶段。

笛荡幽谷
——1903—1910年一位苏黎世工程师亲历的滇越铁路

　　另一方面，从八莫（缅甸）到云南府的铁路无论如何都不应放弃，而水富到汉口铁路的修建，不过是迟早的事。这样人们就可以乘火车，直接从仰光，甚至在可预见的将来，从孟买、加尔各答前往北京。

　　已有的设想还包括由云南府通往贵阳、西康，及广东的铁路。

　　云南府有可能随着时间的推移成为一个重要的铁路枢纽。

1910年12月

1903年起义期间滇越铁路修建者合影。第一排中央为法国领事方苏雅。第一排站立者中右起第五位是奥托·麦斯特尔

劳工像苍蝇一样死去

铁路建筑工程师奥托·麦斯特尔寄自中国南部的信件

1903年9月初第一封信写于从河内出发后到达的第一站阿迷州（这封信写于9月4日）。信中回顾了麦斯特尔抵达工作岗位前，途中在两艘船上的经历。

7月20日晚我带着自己所有的日用品登上了"克莱尔"（Claire）号船。同行的还有六七位同伴。饭菜不错，船长看上去很和善，大家都没有晕船。睡觉的地方也好多了，因为船舱内空间太小，温度令人生畏，我们就睡在甲板上铺了垫子的长椅上。夜里是不开船的，因为红河多漩涡、礁石和浅滩，夜间航行太过危险。河面上几乎没有航道标志。这艘小火轮船的两个直接由机器驱动的轮桨位于船尾。我们大概每小时行进六公里。左右两岸植被茂盛，热带植物如椰子树、芭蕉树、蓖麻、竹子、藤蔓植物交错生长。令人稍感不舒服的是，偶尔在棕红色的水上能看到人畜的尸体，而我们无论是饮用水还是做饭的水都是直接取用河水。挂着三角旗的中国式帆船①和舢板②以及巨大的竹筏活跃在水面上。在河的左岸我们看到正在建设中的连接河内与老街的铁路线。

7月22日早晨我们抵达了位于法属东京平原的村庄燕贝（Yen-

---

① 有一面或多面帆的中式传统帆船。

② 一种又平又宽的手摇船或帆船。用来打鱼或小型运输，部分用作水上住所。

笛荡幽谷
——1903—1910年一位苏黎世工程师亲历的滇越铁路

Bay）。这一大片土地都处于殖民者、军队和外籍军团的控制下。上岸时恰逢狂风暴雨，气温依然很高，我们需要大量喝水。尽管没有什么可看的，若不想待在室内挥汗如雨，就只有外出冒雨散步。之后我们得换乘另一艘船，因为"克莱尔（Claire）"号吃水太深。

继续乘坐"克罗迪特"号（Clotilde）

第二天我们登上了"克罗迪特"（Clotilde）号船。这艘船上的设备实在令人不敢恭维，前面有两个烟囱，船尾有两个轮桨。现在船载人后开得很快。船上没有船舱，只能在甲板的长凳上铺了垫子睡。因为没有炉子，面包又干又硬。冰块自然是没有了，所有喝的东西是温暾的。水只是简单过滤了一下而没有煮开过，如此的水质难免让人疑心。船上挤满了人。船长、技师和船主是同一个人。他是前外籍军团成员，一个名字叫布罗士（Broth）的很典型的德国人。脸上是一副无所畏惧的表情，戴着曾经是白色，现在已污浊不堪的凉帽，穿着同样污浊的饰有中式饰品的制服。但他总体来说还是个不错的家伙，经常把我们从各种困境中解救出来。这是他第二次驾驶他的船航行。这艘船之前曾经在上游的激流中被损坏过。

（9月10日）在"克罗迪特"（Clotilde）号上我们还遇到了一位年长的妇女带着她的女儿。她们也是从"克莱尔"（Claire）号上换乘到这艘船上来的。在这里这位母亲与她已分别三年之久的丈夫重逢的希望被丈夫因高烧而离世的噩耗打破了。你们可以想象这个场景。所有人都为这位可怜的妇人感到难过。越是逆流而上，周围的风景就越发有趣。岸边山连山，远处的高山山顶直插云霄。河流变窄，水流湍急，漩涡到处都是。① 在一个转弯处我们看到了被撞毁的"帕萨帕图"

---

① 法国外交官方舒雅（1857—1935）曾经拍摄过这附近的照片。方舒雅在1886—1904年受法国殖民管理的委托，到过中国南方。参考对照：《中国到东京》。照片1886—1904。通陆则（Toulouse），1996。

（Passepartout）号。岸边，山脚下距离较远的地方，可以看到法国人的军营。竹子搭建的据点，中间是石塔或房子，驻扎的军人部分是白人，部分是安南人。在法属东京，尤其是上游部分，中国的盗匪还不是很富有。如果你在老街有时间停留一下，你可以看到这些来自天朝的盗匪如何抢劫。

我们本希望在7月24日晚抵达此次航行的目的地，紧邻中国边境的老街。布罗士先生（Mr. Broth）甚至和一位乘客以一瓶香槟酒为赌注打赌，他能在当天抵达老街。我们吃晚饭时，天已经黑了，突然传来一阵嘎嘎的声音，伴随着一阵轻微的震动。我快速跑到船尾——不出所料，轮桨还在转动，我们却待在原地：船在浅滩搁浅了。

整个情况并没有失控，我们的前外籍军团出身的船长也没有失去信心。在锅炉能承受的范围内他增大火力，让蒸汽机发动起来——当时只有很少的乘客知道他们陷于何等危险的境地——然后他让机器在接近极限的状况下全力高速运转。终于成功脱困了，15分钟后我们的船在老街河段抛锚停泊。

接下去是关于家事的通告。旅行的见闻在下一封家信中继续有所描述。下一封信写于1903年9月18日，仍是阿迷州。

亲爱的爸爸妈妈

因为你们对我的旅行感兴趣，我将马上坐下接着写我的旅途见闻。我们于7月24日晚顺利抵达老街。我们将修建的火车线路从这里开始，穿过一座新的位于南溪河上的铁桥。南溪河是红河的支流。这段线路基本上都位于中国的领土。老街还属于法属东京部分，对面就是河口。这边还飘着法国国旗，对面却已经是黄龙旗。

老街以其糟糕的气候、热症、霍乱和痢疾而臭名昭著。尤其是在夏天这些疾病已经在欧洲人的驻地中传播。你们可以想象当时的场景，接待我和V.先生的公司代表戴着一顶白头盔，身着棕色条纹的制服。

笛荡幽谷
——1903—1910年一位苏黎世工程师亲历的滇越铁路

他告诉我们，我们将在老街往蒙自方向的第一分段工作。

在距酒店不远的公司办公室里，我也同样感到不是很愉快。作为一名分段工程师我到那里去报到。接待人员满脸冒汗地坐在他的办公桌边，一个小个子中国人正在一旁闷闷不乐地拽着凉扇的绳子，试图能降温。这位先生只是个代理人。因为分段工程师生病了，被送往河内。他告诉我，他只是临时受雇于此，他无法给我提供住处。我也没有工作可做。因为天气太差，目前并没有多少工作要做；他让我做好准备，继续向蒙自方向旅行。我当然没有多抗议，而是愉快地小跑回酒店。当别人到处找住宿的地方时，我非常幸运地能和帕沙（Pasche）共用一个房间。我们在这里住得很好，饭菜也不错，虽然冷饮早就没有了，而且食物价格很高；但是在可怕的湿热条件下，我们的胃口也好不到哪去。每天都要喝很多水，身上永远出不完的汗。

接下来几天要为继续旅行做准备。我买了鞍和骑马装备、红酒、汽水、罐头和一把雨伞……必要的马匹等等。

星期天下午，我在这里见到了来自苏黎世的工程师塞曼（Seemann）先生。他卷着袖子，出汗不多，穿着猎装衬衣和黑色薄面料马甲，看上去气色不错。他为我送上了很多祝福。7月27日终于一切都准备妥当。我们把筐、箱子和包都打理好，把白头盔擦亮，准备好

老街一瞥。1908年

劳工像苍蝇一样死去

南溪河上的桥。1908 年

前往中国的通行证，证件上的印记看上去很新……人们把筐和箱子两件一驮绑在木制的马鞍上，中国马夫牵来了60多匹马，装好了行李，在下午最热的1点半，我们出发了。

马鞍上的历险开始了

在桥上我们接受了来自欧洲人的最后的问候，是一位外籍兵团的卫兵，一个德国人。然后我们跨过了天朝的边境线。

在这里等待护送我们的是已经约定的中国士兵。他们看上去很威风，戴着巨大的草帽，制服披风镶有红蓝边和中国字，配有装满子弹的弹夹和令人感兴趣的枪支。一位士兵扛着温彻斯特枪[1]，一位是雷明顿枪[2]，还有一位是夏赛波枪[3]，而另一位则是毛瑟枪[4]。所有的枪维护得都不好，锈迹斑斑，但都还能用。我们每天付给士兵们大约十五钱。他们白天根本没有机会花钱。我们这个由人和马匹组成的长长的队伍的冒险不久就开始了。骑马行进了大约半个小时后，在红河左岸，我们不得

---

[1] 当时尤其是在美国广泛使用的一种枪。以发明者美国人温彻斯特（1810—1880）而命名。

[2] 以发明者美国人雷明顿（1816—1889）命名，是美国重要的枪支产品。

[3] 法国枪，发明者夏赛波（1833—1905）。

[4] 以保尔·毛瑟（1838—1914）和魏海姆（1834—1882）两位德国设计者命名。

笛荡幽谷
——1903—1910年一位苏黎世工程师亲历的滇越铁路

不渡过一条没有桥的支流。虽然水深只有一米左右，但河岸很陡，土质又软又滑，马匹根本无法负重渡过这条河。货物都被卸下来，由马夫背着。他们走在没入胸口的水中，后面跟着马匹。我们自己脱掉裤子和鞋子，把上衣——从河内开始就没有衬衣了——尽量提起来，蹚水过去。那样子看上去一定很可笑，让文明见鬼去吧！路是普通的小径，它把我们引向远方的热带丛林。丛林里布满茂盛的高高的草、竹子和芭蕉树，只是偶尔能看到旁边浑浊的红河。傍晚时分我们到了第二条如前所述的溪流边，我想是在巴萨（Bak-Sat）的附近。只是这条河有两米深。河上原本有座桥，但被洪水冲毁了。没有一个工程师愿意重修一座。夜晚降临了，黄昏在热带地区转瞬即逝。我们别无选择，只有露营。卸下粮食，生了堆火后，我们的安南仆人们做了一锅，确切地说是一桶有趣的汤。我总是忘记向你们介绍我的法属东京籍仆人。他叫冯（Phon）。工资是每月十五个比索。他大概一米五高，看上去就像个穿了衬衣、裤子和马甲，戴着奇怪的棕榈树叶做的帽子的猴子。他的法语像是母牛讲的西班牙语。我们吃晚饭时胃口非常好，还抽了烟。这期间我们的安南仆人支好了行军床。很快我们钻进毯子，蚊子伴着我们入眠。但是如果下雨了怎么办？！

未完待续。

请你们多给我写信。

你们的奥托问候你们。

几乎渴死

答应过未完待续的部分在1903年9月23日的信中提到了。麦斯特尔在信中生动地描述了风尘仆仆的旅行。这封信把我们带回了20世纪荒凉的西部，只是风景和气候不同而已。此信也是在阿迷州写的。

7月28日晚我们在野外露营。我们中的大多数包括我自己，已经

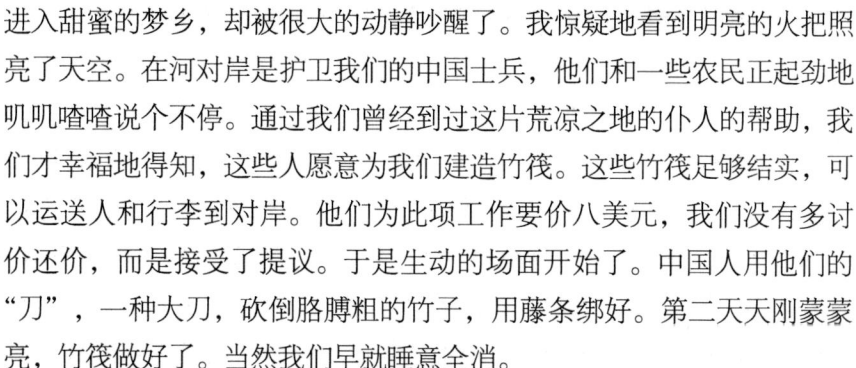

劳工像苍蝇一样死去

进入甜蜜的梦乡，却被很大的动静吵醒了。我惊疑地看到明亮的火把照亮了天空。在河对岸是护卫我们的中国士兵，他们和一些农民正起劲地叽叽喳喳说个不停。通过我们曾经到过这片荒凉之地的仆人的帮助，我们才幸福地得知，这些人愿意为我们建造竹筏。这些竹筏足够结实，可以运送人和行李到对岸。他们为此项工作要价八美元，我们没有多讨价还价，而是接受了提议。于是生动的场面开始了。中国人用他们的"刀"，一种大刀，砍倒胳膊粗的竹子，用藤条绑好。第二天天刚蒙蒙亮，竹筏做好了。当然我们早就睡意全消。

最妙的是，夜里河里的水位明显地下降了。竹筏可以直接当桥使用了。尽管有些困难，我们仍顺利地渡过了这条河。匆忙喝了口热咖啡后，我们又骑上了马。这时是早晨6点钟。

不管是在路上还是休息时间，我们都必须完全信任并依赖马夫们。我们中没有任何一个人走过这条线路，也没有任何一个人能说两个词以上的中文。一眼看不到尾的队伍慢吞吞地穿行在热带丛林里。数小时之久只看到左右密不透气的，杂乱无章的植物。这些植物又没有长到足以遮阳蔽日的高度。路越走越高，我们汗流浃背，几乎快被烤化了。空气似乎凝固不动，我们像猴子一样流着汗。我和帕沙（Pasche），V.及C.在队伍的后面。早上因为匆忙我们几乎没吃东西或只吃了很少一点。现在肚子开始咕咕直叫。喝的东西也几乎没有。再加上很多人以前只是听说过骑马这回事，现在身体的一部分开始感觉到疼痛。到了10点，11点，天气热得越来越令人难以忍受。队伍却仍在前进。马夫们丝毫没有要停下来的意思，而我们在队伍的后面也无法看到他们。我们又饿又渴又累，虚弱得快从马上摔下来了。总之，我们觉得自己快完了。R.对于听什么或是看什么都毫无兴致，他全无声息，坐在他的瘦马上，只是偶尔能听到他因难耐的暴晒而发出的哼哼声；又高又壮的帕沙（Pasche）骑在他瘦小的坐骑上，不时发出绝望的喊叫"天啊，天啊，为什么我们还不能停下来"。而我也半死不活的了，已经好几次从

笛荡幽谷
——1903—1910年一位苏黎世工程师亲历的滇越铁路

马上跳下来,试图找到任何一个高一点儿的草丛边休息一会儿。C.落在了最后面,他的马没有驮着主人,独自跟着队伍前进。终于,终于,在下午1点以后,我们到了一个村子。村子的名字我没有记住。其实我对接下来的事情几乎没有留下什么印象,只记得我们在一间竹子搭的棚子里,喝了红酒,水,吃了面包和罐头。我们的仆人支开行军床,我们吃饱喝足后,倒头便睡,足足睡了一整个下午和一整夜。只不过有一个人发烧了,在超过30摄氏度的高温下打着寒战。第二天一早出发。人们穿上仍然潮湿的外衣,希望一切顺利。吃一堑,长一智,这次我们吃了早饭。我还在包里装了一块面包,在马鞍两旁挂好灌满咖啡的壶。昨天我可受够了。

情况好多了。路还是老路,只是更长了,气温没有下降。人们各显神通,敞开外衣,在头和头盔之间塞一片芭蕉叶或者是湿手绢,多喝水。偶尔我们能遇到小溪。但是我们被警告过——当然这是对的——不能喝没有经过过滤的水。我没沾过一滴。

路仍旧沿着红河,这一天我们离开它,拐了几个弯后,上坡,再下到谷底,如此上上下下,过了几条小河和小溪,没有发生任何意外。当长长的队伍走在高处时,看上去真是一幅美丽的景象。走在最前面的三十四个人,穿着一致,他们穿着卡其色的服装,戴着白色头盔,脚蹬靴子或打着绑腿,挎着左轮手枪,装满茶水和咖啡的水壶挂在马鞍上。跟在其后的是安南仆人们,他们大多数身材矮小,肤色偏黄,半是安南,半是欧式的装扮,长头发打成发髻,头戴典型的锥形棕榈叶帽子。再其后跟着的是长长的骡马队伍,它们驮着箱子、筐、毯子等等。这中间穿行着马夫们,他们留着长长的辫子,戴着金黄色的草帽,身着深蓝色的斜纹布衣服,最后面是我们欧洲人和其他的仆人及中国士兵。

士兵们每天都换一拨新面孔,他们的武器装备也越来越有意思。有的佩带着老式的金属或石质枪机的手枪,枪托挂在臀部晃来晃去。

我们在路边不远的一个小村庄里露营。一边是茂盛的森林,另一边是大片的稻田。我看见有野鸽子和其他可供猎食的鸟。傍晚,当阳光

劳工像苍蝇一样死去

不那么强烈的时候,我和帕沙(Pasche)冒冒失失地出去打猎。结果满身大汗,累个半死,却连一只鸟腿都没带回来。当然我们也打中了几只,却根本无法在两三米深的草丛里找到猎物。在之后的旅行中我们再未浪费一颗子弹。未完待续。

你们的奥托问候你们。

遭遇洪水

接下来的信可能是同一天写的。因为下一封信也同样标明是1903年9月23日,阿迷州。

今天我们把计划书、图纸、书籍、本子和报纸等打包装箱。办公室看上去像个羊圈。十二匹马驮着食品已经上路了。我赶紧接着记录我的旅行见闻:

7月30日一早我们就出发了。我们又登上一座山,山顶新鲜的空气让人感到凉爽舒适。之后我们再次下到红河岸边的谷底,穿过一条小溪。 此地土质相对坚固,对马来说比较安全。行军三十到四十公里后,我们在傍晚时分抵达中国军队在新街的驻扎点。虽然又累又饿,但马夫认为我们还应该再前进两公里,到新街村去住宿。因为此处不够我们这些人驻扎。多好的提议啊。帕沙(Pasche)、R.和我像往常一样走在最后面。我们路过军队据点,绕过一小片树丛后,突然看到一条三十米宽的河,像往常一样,河上依然看不到任何桥,只能涉水而过。第一个过的是R.;水很深,漩涡很大,河底凹凸不平,到处是大石块。他的马一打滑,人和马就都被水流冲向这条河的下游方向去了。我想他们肯定会失踪的。但是这里的马匹的确不同凡响。它不慌不忙,并没有试图甩掉骑在它背上的人,后者正紧紧地抱着它的脖子。马勇敢地和水流抗争,终于又站稳并脱离了险境。对于我而言开局就不太妙,我的马相对于我的身材来说过于矮小了些。唉,我不得不以大无畏的精神纵马跃入水

笛荡幽谷
——1903—1910年一位苏黎世工程师亲历的滇越铁路

中。在用尽吃奶的力气,使尽浑身解数后,我的胳膊最终还是没能抱住马脖子,幸亏我在最后一刻及时从马背上跳了下来,我再也没兴趣和红河做进一步的亲密接触了。我的马因为重量减轻而轻快地跳上了河岸。只是挂在马鞍上的左轮手枪和双筒望远镜都掉河里了。我自己像根柱子一样戳在河里,臀部以下全泡在水里。

胖胖的帕沙(Pasche)在河对岸提心吊胆地看着整个过程。现在轮到他了,他绝望地向上帝祈求任何可能的帮助,然后骑上他的小马,脱掉外衣小心翼翼地蹚水过来。他身前推起一道小山般的波浪冲过来,我扶住身旁的人才勉强保持住了平衡。

上岸时已是入夜时分。我们必须加快速度前进,否则到不了目的地。刚走了几百米,就看见路上冒着浓烟。不知是出于故意还是不小心,有人点燃了一堆干草,抑或是他们想给我们提供一个烘干湿衣服的机会。我没有使用马鞭,但我的马却警觉地提高速度快步穿过了火堆和浓烟。事情没有看上去那么糟糕,我们顺利通过。几分钟后,当夜幕降临,我们抵达新街村。新街是一个较大的村子,有一条大路、几处店铺、一座塔和一座兵营。

但是这里地方也不宽敞。我们勉强挤在几个茅草棚里睡下,但睡得很不安宁。中国士兵也许在举行演习或者在追击强盗,具体原因我们不得而知,反正前半夜无法合眼,只听到不时传来的枪炮声。

我们的厄运并未到头,第二天一早就被告知,我们不得不再次横渡新现河,因为河这边的路无法通行。在河的上游方向我们的人最终找到了一座看上去很简陋的竹桥。显然马是无法通过这座桥的。我到岸边后,轻轻地拍了马一下,让它自己游过河去,而我以一种杂技般的方式,经受了这座离水面大概十米的"桥"的考验。人和马表现得都非常棒。很快我们又会合了。

队伍离开了红河岸边,开始在新现河左岸连绵的山间迂回前进。周围的景象随之不断地变化。芭蕉树、竹子和高高的草看不到了,取而代之的是越来越多的阔叶树。背阴的山谷中长满蓼草,不时有奔腾的溪

劳工像苍蝇一样死去

水流向山谷。路像约特里山（位于苏黎世——译者注）的山路，很陡，有很多石头，空气不再闷热得让人透不过气来；但是我们闻到了一股令人作呕的气味，是从路边一具被苍蝇和蛆虫啃噬了大半的中国苦力的尸体上散发出来的。傍晚时分我们到达了一座位于山顶的中国兵营，在四面透风的棚子里露营。

接下来的几天我必须换一匹马。我之前骑的那匹马再也走不动了。还有一匹累坏的驮马也只能留下来。在一片有着稻田和浪漫的瀑布的高原上，我们在一处中国兵营据点过夜。虽然有蚊帐，我们在这里仍被蚊子咬了个半死。兵营外挂着三条漂亮的红白条幅。我的双手被太阳灼伤，又肿又痛。我的朋友R.的臀部也是体无完肤，他甚至都不知道该坐着还是躺着好。

接下来的几天，突如其来的狂风暴雨把我们打了个措手不及，却意外地提高了队伍的士气，减少了抱怨声。我穿着雨衣，打着雨伞，骑行在队伍中段。头马远远地走在前面，我的仆人则落在最后。因为他不太会骑马，双脚由于过于紧张用力而难以持久，最终他还是放弃骑马，把马交给马夫照看，自己徒步跟着我走。冯（Phon）身材矮小却很能干，他下山总是比上山快。

早饭在一个以山洞改造而成的小教堂里吃的，周围荒山野岭，巨石林立。我们越爬越高。然后穿过山谷，越过安静流淌的小溪，远处是大片的农地。差不多4点钟我们到了一个大村子——新现村。这里是通往位于高原的蒙自的必经之路。

你们的奥托问候你们。

下一封信写于1903年9月24日，地址仍是阿迷州。

亲爱的爸爸妈妈：

今天第二支由十二匹马组成的队伍已经出发去老萨坡（Lo-Sa-Pe）。给我们准备的肯定是劣马，而这些马还没有到，

笛荡幽谷
——1903—1910年一位苏黎世工程师亲历的滇越铁路

所以我又有时间给你们写信了。

我们于7月2日晚抵达的新现是个大村子,几乎可以说是个小镇了。这里有两个客栈,但只提供中餐。尽管如此我们休整得很好。我们所住的客栈一楼是个很大的马厩,旁边有一个小卖部。人们可以在那里买到日本火柴、中国烟草和德国煤油灯及闹钟等商品。那里还可以换钱(我们用1比索银币——这里不接受纸币——换800个铜钱,用绳子串成一串)。楼上是旅客睡觉的地方,房间里甚至还有桌椅,按中国人的标准来说非常干净整洁。我们睡得很好,甚至连跳蚤都没有来打扰我们。而且每人只收二十个铜板(相当于差不多四十三瑞士分)。

第二天一早我们就出发了。距离蒙自只有四十五公里了,这消息让我们所有人仿佛重获新生。我们越走越快。刚开始时情况可不是这样的。路部分是石块铺成的,走起来不舒服。人们必须了解中国的铺路方式。铺路的石块又大又不平整,相互交错,很像我们改河道时采用的铺设方式,只是更崎岖。有合适的地方人们总愿意避开这些石块绕道走。这一路不停地上山下山,过很陡的石拱桥,或是沿着某条不知名的小溪或河床骑行很远。我的老马鞍子全折腾坏了。马镫绳子也烂了,再也没法拴住脚蹬了;四十五公里的路程——大概比苏黎世到阿劳的路还长些——我没有脚镫子可用。

高原渐渐展现出它的风貌。平地越来越宽广,耕地越来越多,左右两边都是山峰,半山腰云雾缭绕。然而这些山只高出地面不到一百米(经过蒙自的火车线路海拔大约1600米)。我们经过新安所,我们把它标记为DE,一个有着城墙、城门和塔楼的小城。这里曾是黑旗土司率领两百名士兵驻扎的营地。很快我们看到了远处的房子和塔楼,一段长长的城墙,左边是一个小堡垒,上面飘着有趣的法国三色旗。我们

劳工像苍蝇一样死去

拐进一条肮脏的小巷,经过一座大门,在下午5点的时候,到达了蒙自法租界的院子(1903年8月3日)。

老天啊!经过八天的历险,我们看上去是什么样子啊。曾经雪白的头盔脏成棕色,衣服汗迹斑斑,脏兮兮的。我们胡子拉碴,全身因日晒而变成了棕色。不过除了发烧、腹泻和受伤的臀部外我们都很健康,感觉不错。

我们很快到指挥部报到。指挥部通知我将到第二路段(蒙自和云南府之间)工作,但暂时在第一路段,蒙自和宝街(Bao-Kay)之间工作。

在新安所DE的法租界内我们每人有一间很大的房间,房间里没有家具,但通风良好,新换了铺盖。我们打开行李,安然入睡。

第二天我和帕沙(Pasche)找到了第一路段办公室,向高级工程师报到。他曾经是日内瓦人,叫杜福(Dufour)(现在是法国人)。他安排帕沙(Pasche)临时在他的办公室和蒙自工作,我到第三分段(从老街开始计算104-140公里),也就是阿迷州工作。阿迷州距离蒙自四十五公里,在南溪河上游。我的前任叫图卡斯(Toucas)。他刚和他的妻子在河内举行了婚礼,在回工地的途中过河时,他妻子眼睁睁地看着他消失了。

问候你们所有人好。请给我写回信。我还没有收到过你们的信件呢。报纸已经收到了。

你们的奥托。

蒙自西。1908年

笛荡幽谷
——1903—1910 年一位苏黎世工程师亲历的滇越铁路

在铁路建设中身心俱疲

麦斯特尔在他的下一封信中（1903 年 12 月 30 日，阿迷州）再次提到邮件投递的事情。

老街至蒙自铁路路线图

135 公里 600 米处。1908 年

127 公里处。阿迷州——中国乡村

劳工像苍蝇一样死去

亲爱的爸爸妈妈,弟弟妹妹们

非常感谢爸爸和妈妈 10 月 17 日写来的两封信。哦,是的,信和报纸能及时到达,大宗邮件总是要等很久。要知道,我们这里根本不通邮。所有的东西到老街、曼和(Man-ho)或河口后,要一直等到某个顺路过来的欧洲人,当然他不一定很乐意,把东西交给他带来。然后是各种五花八门的风险。几乎每次从马和骡子上卸货的时候,都有箱子滚下来。或者由于其他原因,如果箱子捆绑得不结实,里面来自遥远欧洲的东西就会滚落到草丛和灌木丛中,散落一地。中国人一般不会偷东西。你们为我准备的马鞍、左轮手枪和书籍等等,我还没有收到。但我仍未丧失信心。

连接老街和这里的路很差劲。沿红河到新街,顺新现河谷向上的这条我们曾走过的路现在几乎无法通行了。沿着南溪河谷正在修一条一米宽的路,还需要好几个月才能建好。在修好这条路之前,人们取道中国马帮走的老路。几周前我们从波河河谷(Pe-Ho-Tal)的那萨盆(Na-Sa-Pen)又回到了我们在阿迷州的分段段务处。(随信寄上两张照片。)这附近的铁路已经修好了。铁路上段 131 公里处正在修建。据了解还会有必要的线路改动。所有的工作都在野外进行,到目前为止,连午饭都是在外面吃的。

现在天气很好。在经过了夏天无休无止的雨水、雾、尘雨和阴天以后,秋天的天气几乎天天都是万里晴空。空气清新凉爽,只是夜里有些冷。早晨在水箱上可以看到四毫米厚的冰。可惜我们既没时间散步,也无法享受星期天。即便在星期天我们也从早工作到晚。

我在这里感觉非常棒,甚至比在西班牙时感觉还好。我的饭量惊人。今天我刚和我们的安南厨师尼勇(Nyong)吵了一架。他给我做了一大堆骨头而不是肉。喝烈性酒对我还不是大问题,自从戒了纸烟,我感觉就像是个新生的孩子,因为我现在总是抽烟斗。说到鳄鱼,这里对于鳄鱼来说太冷了。我最后一次见到鳄鱼是在西贡。那些鳄鱼一动不动,实在是太懒了。就算你把石头扔到它们嘴里,它们都懒得闭上嘴巴。

笛荡幽谷
——1903—1910 年一位苏黎世工程师亲历的滇越铁路

这里是 127 公里处，海拔 1300 米。对于从 100 公里处向上走过来的人来说，这里的气候还过得去，没有什么可抱怨的。从老街过来 50 公里处气候很糟，可以说非常糟。只有冬天好一些。在那里待过的人没有一个幸免，很多人死去，剩下生病的被疏散到蒙自和河内。我在前几封信中提到过的萨曼（Seemann）先生，据我所知，因为重病——脑膜炎——而不得不离开老街。

从肖克先生（Zschokke）那里我没得到任何信息。在欢送我的仪式上他郑重地向我许诺，他会把我的证书和奖金寄给我。爸爸，他也从没给你写过信吗？

妈妈非常好奇，在上封信里她提了一大堆问题。我现在乖乖地看看能不能都回答。

不，我的朋友帕沙（Pasche）自从我们到蒙自后就和我分开了。他在第一路段的办公室工作。他很无聊，长胖了。而我正在第三分段享受着呢。我的上司——高级工程师当然在。但我是分段工程师助理，听从分段工程师的安排，直接在他手下工作。这些工作当然是从总工程师和经理那里分配下来的。

公司里有六七个瑞士人，但在我附近一个都没遇到。

至于铁路建设，事实上很难，但很有意思，有些地段看上去像一条巨大的带子。规划中的北河大桥（Pei-Ho），有 55 米的跨度，高于水面 80 米，看上去很不错。同样的桥还有一座在阿迷州附近的巴大河（Pa-Ta-ho）河谷。建设工人都是黄皮肤、梳辫子的中国人。只在老街附近有些安南人。中国人和安南人比意大利人还节俭。他们只吃大米，喝茶和水。我们自己吃得很好，很干净。鸡，牛羊肉，各种各样的蔬菜。我们的花园里生长着萝卜。但是我们得自己烤面包。因为很难得到面粉，面包对我们来说有时是很珍贵的。圣诞节时，呜呜，我们居然没有面包！

关于餐厅我不得不笑起来。我们是在丛林密布、荒无人烟的地方。这里和城市完全没有可比性。房间和床，如果你称它们为多少像样的木

劳工像苍蝇一样死去

板床和被褥也可以，看你怎么认为了。芦苇和草搭成的四面墙和屋顶，用灯芯草编的草席，用一种细树枝做成架子支起箱子，前面是四根棍子支着一块木板，可以想象它们是桌椅。竹子用藤绑好做天花板，没有地板，取而代之的是用脚踩实的黏土。连同箱子、装粮食的筐和餐具等等，这就是我们的"家"。

如果要出发，几小时以内所有的东西都可以打包准备好，换一个地方很快就能重新盖一个这样的草棚。就在我现在写信的地方，也许一个月后就会有马和骡子啃玉米，或者是一个中国人在这里抽大烟。事情总是在变化中。

麦斯特尔在接下来的信中提到他的工作条件。就像我们听说过的，工作辛苦，条件恶劣，包括生活条件和私人生活，都是今天的欧洲人几乎无法接受的。

气候的诡计

这是一封在阿迷州写于1904年1月22日的信。信里首先提到一些家事，然后变得生动起来。

你们在信中提到雨水、雾、湿冷，这些让生活在北纬23度的我无比羡慕。老天爷啊！前两天变天了。我们被雾包裹着。冻雨和着风，从我们的用草搭成的宫殿的缝隙和小洞里钻进来。气温只有5摄氏度，没有炉子，没有任何取暖设备。由于大风和明火可能造成的危险，我们不能生火。即使生火也没有用。没有窗户的草棚开了很多洞透光，以便我们看得见屋里的东西。我们穿上所有能穿的衣服御寒。就在我给你们写这封信的时候，我身上穿的衣服都可以开一个服装店了。除了内衣和衬衫，还有两条布裤子，一件马甲，一件卡其布工作服，一件皮衣，一件棉袍，最后在外面罩上一件军大衣。而这一切都不足以抵挡寒冷。

笛荡幽谷
—— 1903—1910 年一位苏黎世工程师亲历的滇越铁路

当人们在外面工作的时候,感觉不到这么冷;但是在办公室里……实在是太冷了。

下面还会提到关于住所的描述。令人感兴趣的是麦斯特尔在写于1904年1月22日的同一封信中,提到了铁路的建设。这条铁路从某种意义上来说影响了近代中国:本是为欧洲国家在中国南部贸易利益服务的铁路也为中国带来了商业往来。

几周以来我们过着令人不习惯的生活。欧洲公司的职员蜂拥而至。几乎每天都能看到长长的队伍。一个或多个欧洲人骑着马,带着行李和食物来到我们在阿迷州的正在建设中的分段办公楼前。这座在建的楼房长六十米,黏土质地,砖顶。

接下来是在他的工段内对不同的建筑阶段的详细描述。然后是关于摄影的话题。因为空气潮湿,他还没能成功地拍出一张照片。我们能从这封信中得到关于饮食的信息。相比住处而言,他对食物赞不绝口。

最近我们又有充足的食物供给了。牛肉、猪肉、羊肉、鸡、鹧鸪、鸡蛋等等,应有尽有。罐头食品静静地躺在箱底。厨师是个黄皮肤的安南人。他做的饭菜非常可口好吃。基本上我还从没吃过这么好吃的饭菜呢。经常还会有小蛋糕。我们还配有饼干、果酱、各种腌菜、刺山柑、番茄酱、橄榄、咖喱、酸菜和小香肠、蘑菇、芦笋、沙丁鱼、鹅肝酱等。我们什么都不缺了。包括波尔多红酒和勃艮第红酒,香槟也经常够喝。当然我们不会喝醉,否则很快就会自食其果。

从1904年5月22日写于74公里处的北河(Pe-Ho)的信中我们继续了解到关于住所的信息。

劳工像苍蝇一样死去

2月份我还是在位于127公里处，突然收到了高级工程师杜福（Dufour）（前瑞士人）的一封信，他任命我为分段小分队队长，要我马上带着一打工程师和监理人到第二分段去。在74公里到85公里处进行测量并完成绘图工作。我只是听说过这块位于南溪河谷的地方。气候不太好，尤其是夏天。但是这里也没有多少工作可做。糟糕的天气还没有结束。总之，我把我所有的日常用品让马驮着，和我的新朋友们上路了，继续探险。而险境没让我等太久就到来了。

我们被告知在80公里处有一块营地已经为我们准备好了。但是如中国人说的"布局"显然还没有展开，也就意味着我们得先搭房子。我在79公里处的一块高地上找到一处漂亮的地方，有阳光、空气和水。我们用两周的时间盖好了临时木板房。这期间我们在88公里处的阿盆（A-Pen），像牲畜一样挤着睡，有时睡帐篷。当我们搬到临时木板房里去的时候，真是高兴坏了。当然我们是在荒山野地里，距离文明很远。我们必须自己烤面包，自己收发邮件，自己买牛、猪、羊，自己当医生并设立药房。不过我们生活得很好。工作进展不错。直到我们在4月18日被一场可怕的大风袭击。风把我们的营地像纸牌屋一样吹散了。有几个夜晚，在我们曾经无比美好的、如今是废墟的地方，我们盖着潮湿的被子，凑合着抵挡风雨。直到我找到合适的马匹，搬到74公里处的北河（Pe-Ho）。那里有一个废弃的营地。

从此我们就在这里了。情况不是很好。营地建得其实不坏。但是在河谷底部。现在5月份就已经又热又潮湿了。每天的降雨不会让温度降下来，阳光在雨后只会更灼热。我们中很多人生病，20%、30%，甚至40%。有差不多四分之一的人生病。我身体很好。我甚至是最后两个到目前为止没有因为生病待在家里的人之一。但是前景似乎不妙。据我接到的通知，我要被分到萨曼先生（Seemann）待过的第一路段去了。

情况有所改变。总工程师经过这里，告诉麦斯特尔他要继续留在老地方领导绘图工作。为此他得把79公里处的营地建好。在同一封信

笛荡幽谷
——1903—1910年一位苏黎世工程师亲历的滇越铁路

中我们得知他和当地人的关系。

和当地人我们相处得总的来说非常好。我们严格禁止对当地人的虐待行为，更不允许打人。

尽管如此几天前有人点着了我们的一间房子。幸而房子是空的。前天夜里有人试图入室抢劫。这帮坏蛋在墙上打了个洞，想钻进来。我隔壁的邻居听到动静叫醒我。当我们好不容易举着蜡烛，拿上左轮手枪赶到现场时，却发现那已空无一人。

我们在这里永远不会缺少故事。

巨大的死亡

我们从麦斯特尔于阿迷州——这个他一年半前开始工作的地方——1904年11月20日写的信中得知，几个月后他又换地方了。在这封信的第一页，他粘了一朵当地的雪绒花，并注明："雪绒花，亲自采摘于从蒙自回来的路上，位于海拔1700米的密腊地。"有关需要搬家的人都感到很幸福。

我们心态平和，根本不羡慕他人。潮湿炎热的天气开始让人感到非常不舒服。四周环绕的稻田变成了热气腾腾的臭水塘。很快我的同事中几乎一半的人生病了。而劳工们像苍蝇一样地死去。因为中国人无所谓的性格，掩埋尸体成了一件最困难的事情。我的队伍中有一人死了，两个人跑掉了，更多的人被送往位于蒙自的医院。而这还仅是糟糕的一年的开始。

在曲寨天特门（Qu-Tschia-Tien-Teni-Men）我们明显感觉好多了。营地在隋地（Sui-Ti）的山洞上。微风驱走了酷热，令人感觉舒适。夜里我们也能睡安稳了。不像在北河（Pe-Ho）那样每晚被汗水泡着，辗转难眠。

我们的任务是精确绘制 79 公里到 85 公里处的图纸。野外工作安排在每天上午 5 到 12 点。下午如果可能的话我们就睡一觉，或者做一些办公室的工作。夜里和晚上喂蚊子。我的分队从十四人减员到五人。尽管如此，我们的工作进展得不错。

但是从下面的北河（Pe-Ho）传来了坏消息。在那里工作的施工队所有的人都生病了。那里的人们被紧急疏散。已经有两人转到我这里来休养；还有两位我们曾待过的第二工段的医生也撤离了"战场"，回到蒙自。

某天我们得到命令，搬到 85 公里处的金矿田。这是一个美丽的中文名字。我们离开了施工队的营地，于 8 月 4 日到达。对金矿田我们没有不满意的地方。我们住的地方不再是一个草棚子，而是有着真正的门的土坯房子，我甚至还有了钥匙。屋顶是草和竹子做的，可以遮风挡雨，而且通风良好。营地风景美丽，有一条直通南溪河谷的不错的路。从营地到工作的地方只需步行十八分钟。对此我们心满意足。

另外一个重要的问题是食物。我们到距离营地一个半小时的阿盆（A-Pen）的市场上采购。而在曲寨天特门（Qu-chua-Tien-Teni-Men）连接外部的道路多次断掉。桥梁每每被山涧的洪水冲毁。

尽管地势险峻，我们的工作进行得不错。但我不会轻易忘记在茂密的丛林中，在深深的峡谷中，在凹凸不平、又湿又滑、危险的岩石上，在不知道有多少摄氏度的高温下的攀爬。芦苇和草有五到十米高，胳膊粗的藤条缠绕交错，竹林挡住了道路。我们经常得砍倒它们，像穿越隧道一样走过去。蛇和类似的动物也有，但它们至少不像野蜂和红蚂蚁那样招人烦。

另外，所有的植物在清晨都被露水打湿，就像刚刚下过雨一样。当太阳出来后，我们就会被晒干了，汗流浃背。如果我们有勇气穿的话，每天需要至少一件干净的衬衫。晚饭时桌上呈现的食物可组成一个十足的动物园。各种形式、各种颜色和大小的蝗虫、萤火虫、蜥蜴、田

笛荡幽谷
——1903—1910 年一位苏黎世工程师亲历的滇越铁路

鼠、苍蝇、蚊子，直径有大头针针头大的甲虫，一直到鸡蛋、毛毛虫、各种幼虫等等。非常有意思。

这期间我们的工作结束了。我们将绘制好的关于这 6 公里地段的纵剖面图交到段上。那时是 9 月份了。有一天我收到了经理的来信（无法看清原文）。我被任命为领导八个人的施工队队长。驻地是 117 公里到 131 公里处的阿迷州。我的工资涨到每月二十五法郎。因为我的工作出色，得到了五百法郎奖金和八天在蒙自的假期。

天啊，当接到命令时，我无法抗拒回到阿迷州的诱惑。对我来说这意味着苦难的结束。

在一个美丽的清晨，给我的两匹马装好马鞍（我不得不又花八十美元买了第二匹马。因为一匹马无法承担整个工作），告别我的同事和安南仆人后，我和我的中文翻译一起离开了曾让我汗流浃背地工作了八个月的南溪河谷。我们一路兴高采烈地快步前进，登上远处蓝色的山峰，在山顶呼吸新鲜的空气。

一天半后我们到达阿迷州。我以前的上司正等着我。

这里的变化多大啊！阿迷州快变成一座城市了。高处矗立着医院，目前基本上还空着。稍低处挨着医院的是工段办公楼，有五十米长，里面有仆人房间、厨房、马厩；再接下来是第八施工队的附楼、监理人的宿舍、中国士兵的据点，除了唯一的一座楼房有砖顶、阳台、玻璃窗、门、地板和玄关外，其余所有建筑都是夯土房子，旁边是一些戴草帽的中国人。第八施工队的楼房正在建设中。到目前为止只有三百五十个劳工工作；但是另外的三千六百名劳工快要到达了，一共将会有超过一万两千名的劳工在四百八十公里长的沿线工地上工作。这些数字尚未计算本地的劳工。只指望外地劳工是不够的。我曾经待过的 14 公里处非常有意思。那里有十八个小隧道，上百个大大小小的人工建筑。那里是云南最荒凉的地方了。

这一段的承包公司是意大利的波若伦（Bozzolo），驻地在梭口寨（Sou-Kou-Tchay）。公司拥有铁匠、木匠和泥瓦匠，米粮仓，存放甘

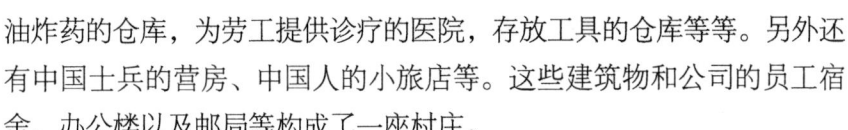

油炸药的仓库，为劳工提供诊疗的医院，存放工具的仓库等等。另外还有中国士兵的营房、中国人的小旅店等。这些建筑物和公司的员工宿舍、办公楼以及邮局等构成了一座村庄。

我们将从1904年12月1日起每天真正地、正式地通邮。邮件经老街，用马匹经过四天时间送到蒙自。

波若伦公司法意职员住所。倮姑寨。120公里处

令人颇感不安的是，整条铁路沿线将设置欧洲宪兵据点。我觉得这根本没必要。你们看着吧，这样只会是麻烦的开始。在蒙自我们已经有三位宪兵了。是阿尔及利亚伊斯兰卫兵。他们有大把的时间却游手好闲，不和中国人交往，却总殴打他们。

至于食物，现在可以得到的吃的喝的都非常棒。我们还开垦了一个园子来种菜，种子是从蒙自买来的。白菜、欧芹、芹菜、洋葱、葱、蒜、花椰菜、红萝卜、豆角、番茄、紫甘蓝等都有。分段的厨师（我们施工队的厨师被中国人杀了）会把这些蔬菜和各种肉做成各式菜肴，还会烤面包。其他诸如饭后甜食和红酒这样的美味则需要从蒙自或

笛荡幽谷
——1903—1910年一位苏黎世工程师亲历的滇越铁路

河内订购。眼下这里真正缺少的只是新鲜牛奶。我喝的是从蒙自、老街和河内偶尔能买到的不多的伯尔尼阿尔卑斯牛奶公司的奶粉。你们寄来的巧克力我还有很多。这里有时甚至还有慕尼黑瓶装啤酒。

蒙自也发生了很大的变化。新盖了很多房子。有三家酒店和餐厅为旅行者服务。在领事馆前三名宪兵很自豪地佩带着他们的左轮手枪。从租界到蒙自正在修一条整齐的道路。

接下来信中提到了关于整条铁路线路的建设,以及见到到目前为止我们未曾谋面的老朋友赛德(Zehnder)的弟弟时的惊喜。麦斯特尔在西班牙工作时认识了他。麦斯特尔感叹道:"这个世界真是太小了。"

当苦力们离开并遭遇越来越多的抢劫时

接下来的几个月是艰苦的铁路建设,同样艰苦的还有工作的成果。1905年3月5日(写于阿迷州),麦斯特尔和工人遇到了麻烦。

工作毫无进展,至少是在蒙自以上的部分。我曾经写到过,工人数量匮乏。成千上万的劳工,据说有四万多人,需要从省外招募。下段工地是广东人,我们这儿附近的工人是天津来的,上段工地的工人来自四川。包括数量庞大的大米(我们公司这个月有34万公斤=34节火车车厢,或者超过4000匹驮马的运送量)从法属东京运上来。但是很快麻烦开始了。新来的劳工的死亡人数并没有下降。据医生说原因是脚气病。其他人开始感到害怕。部分人认为气候太糟糕,令人无法忍受。刚开始只是个别人,然后发展为成群结队的人逃离。他们觉得不满意,因为他们认为挣得太少等等。另一方面,欧洲人觉得劳工们不服从安排,具有反抗性。这导致了一些悲剧的上演。一个欧洲人被一个劳工用十字镐威胁,他开枪打中了一位攻击者,其他劳工逃跑了(此事发生在距离此地几公里的地方）；另一位向空中放枪，才吓住了中国人，没能让他们近身；第三位，受到了劳工们的咒骂和讥笑，想惩戒他们，结果受到了攻击。于是他拿了一把刀捅进了一名劳工的胸口。在离此地大约二十公里的斯孙（Tsi-Tsuen），上周三一个意大利人在支付日随身带着七百美元。当他从马上下来时，被人从后面袭击，用大砍刀砍翻。这些家伙砍烂他的鼻子、下巴，抠出眼睛，然后抢了钱跑掉了。当分段经理几分钟后骑马经过时，发现意大利人尚有一口气，但他很快死了。

在这些陌生的劳工中有一部分人很容易成为不法分子和抢劫犯。他们对谋杀和凶杀毫不畏惧。他们被捉到后，被砍的头颅像一幅照片一样挂在蒙自的城墙上。即使对于当地人来说，这些新来的也不是些和蔼可亲的人。在第七施工点他们抢了一个卖鸡的人，把他打翻在地，抢走了钱；有个村子（也是在第七施工点）整个被抢，村民被打，房屋被烧。我亲身经历的是距此地只有四公里的地方，一些本地劳工被打，劫匪们抢走了他们的衣服、大烟和六个甘油炸药筒。这次抢劫没有成功。被抢的人即时呼救，在附近工作的劳工们和欧洲人赶来。劫匪们被揍了一顿，并不得不交出他们抢到的东西。但人们不是每次都这么幸运。上周日我的新缰绳（你们寄来的），上周三我那匹花了 80 美元 =200 法郎买的马，上周五我的漂亮的军用水壶都被偷了。贼消失得无影无踪。我们工段的高级工程师前几天也丢了匹马。这一切似乎越来越有意思。我们被要求在晚上 8 点到第二天早上 8 点期间不能离开住处。这当然不可能做得到。根据要求，我们配备了枪和子弹。

这期间在我的施工点工作的天津劳工都跑光了。有一部分在蒙自被挡下来并被强制要求回来继续工作，到目前为止还没有人回来。因此我们只有三百个本地人，这远远不够，必须从外面招募更多的人来。

施工工人的困境

工程进展得很慢，最大的困难是恶劣的天气的影响。在 1905 年 6

笛荡幽谷
——1903—1910年一位苏黎世工程师亲历的滇越铁路

月18日写于盆孙（Pen-Tsoun）的信中提到了这点。在火车线经过的深谷里，劳工的死亡数字很大。

　　从外地招募劳工很不成功。招募了成千上万的人，只有几百个可以工作。其他死的死，逃的逃。天津籍劳工特别不适应这里的气候。在靠近老街的下段工段，他们的死亡数量巨大，以至于人们决定将他们安排在此地工作。

　　这些悲伤的劳工逶迤而来，路上满是死去的同伴。这里由中国士兵看管着劳工，安顿好他们，然后把他们送上工地。但很快他们像死去的苍蝇一样倒下。在第七施工点我们有三百名劳工，上周死了三十个；第八施工点有五十名劳工，上周死了八个。

　　根据这里的情况，这些劳工工资非常高，他们还获得食物和衣服。劳工们每人每天工资是三十钱，大约七十五瑞士分，另外有一件衣服，一件灯芯草做的防水大衣，一顶帽子等。（外加：每人每天1.4公斤大米，肉，鱼。）

　　但是令人讨厌的季节到了。作为吃得好、穿得好的欧洲人，我们在这里都觉得不舒服。雨，雨，还是雨。当太阳偶一露脸，就像那些法国人说的，铅一样重的热浪，让汗水从每一个毛孔里流出来。

　　到处蔓延的植被像是在温室中一般。它们从各个角落，各个缝隙中爬出来，从所有的岩石边冒出来，挂在那里。它们像是快

工人和倾卸运货车。116公里300米处

劳工像苍蝇一样死去

工人在 89 公里 600 米处

117 公里 500 米处

89 公里处修桥

要窒息了，想要更大的地盘。砍倒的芭蕉树剩下光秃秃的部分，又像土豆一样向上生长。数米高的草，五到十米高的芦苇成片地生长。我们已经开始吃第一拨儿番茄和桃子；曾经在很长一段时间作为我们饭后甜点的黄色的黑莓，已经下市了。附近生长着肉桂树、蓖麻、橡胶树等。

当天气不是特别热的时候，我们会去打猎。中国人和欧洲人已经捕猎过鹿、山羊和一种狍子。鹧鸪非常多。最近有中国人给我们送来了一头华丽的豹子。令人惊奇的是，这些家伙怎么能用长矛和火枪对付了一头豹子，尽管豹子受伤了，可它毕竟是危险的猛兽。我们中的一位以四美元的价格买下了豹皮（可惜未经加工）。

笛荡幽谷
——1903—1910年一位苏黎世工程师亲历的滇越铁路

令人们脆弱的神经感到不是很舒服的是太多的蛇。这些蛇有一到三米长。如果相信我们的医生所做的描述的话，这些蛇有红酒瓶粗。那么大的家伙我还没有亲眼见到过，我见识过个头小点儿的。大多数蛇看上去是无毒的；所有的本地人都是光脚走路，我还从没听说他们中有人因被蛇咬而死的。

现在我离开你们已经整整两年了。时间过得真快啊！再等一年，我希望可以见到你们，也许还有其他离家的人艾米尔（Emil）、汉斯（Hans）、瓦尔第（Waldi），甚至还有奥尔格（Olga）……

黯淡的前景

在1905年10月29日的信中麦斯特尔提到了劳工匮乏这一问题。他称这是"工人原料"。

人们可以相信，铁路线变成了劳工墓地。坟墓一座挨着一座，就像一场战役刚刚结束。不仅是外来的劳工，也包括许多本地的劳工成为牺牲者。人们已经不知道，这些人是因为什么而死去的了。这附近的欧洲人只有几个病得厉害，有一位去世了。

现在冬天快到了，好天气又回来了，雨也不会天天下了。但怎么才能补充失去的劳工呢？中国其他省份的巡抚不想听到关于招募劳工的事，甚至颁布招工禁令。仅靠本地人的人口增长是不够的。没有工人我们是建不成铁路的。完工的时间一推再推。

我不是说技术上的困难，虽然技术难度很大；但只要投入金钱、时间和耐心，技术难关可以逾越。但是我们不可能人工制造人。而且在这远离文明的地方也无法使用大型机械。

另外河内到老街的铁路也没能像人们预期的那样投入使用。雨季的热带暴雨几乎冲毁了整条铁路，它已经无法通行了。

接下来麦斯特尔记述了他被委派到一个新的工地。那里遇到了整条线路最难解决的技术难题。其中之一是必须建一座65米长、80米高的连接两条隧道的铁桥。

然后他提到了日俄战争的影响。接下来写到了一些关于当地管理方面带给他的困扰而引发的郁闷,以及疲惫感。

中国当局变得傲慢、轻狂起来。如果谁打了一个该打的劳工一拳或扇了他一耳光,道台就会大喊大叫,认为打人者应该为他仅仅是受到指责而感到庆幸。然而那些家伙若是因偷了我们的马或其他东西,被我们抓到后送往蒙自接受惩罚,中国士兵通常会在半路上偷偷放了他们。

接下来还有一些例子说明中国法律的欠缺。最后以下面这句话做结束并注释道:

蒙自很久没有悬挂砍下的头了。真可悲!

希望的光芒

1906年4月9日写于阿迷州的信看上去乐观多了。

我们的小火车线建设还是有进展的。下段路段在老街附近已经有几公里(约二十公里)火车汽笛鸣响。到处都在紧张地施工。我们分段有四千多名来自中国各地的劳工工作。这些劳工来自云南、广西、广东、上海、天津和四川……

最近印度支那总督率领他一大堆随从,兴高采烈地到我们这里来视察。他在我们这里过夜,甚至睡在了我的房间里。陪同他来的佩尼昆(Pennequin)将军征用了分段工程师巴莱先生(Bares)的房间。火车被旗子和中国士兵装扮成了一幅画。

笛荡幽谷
——1903—1910年一位苏黎世工程师亲历的滇越铁路

奥托·麦斯特尔在同一封信中提到，比预期提前，他将于夏天回瑞士老家休假。在后面的信中他提到7月底抵达瑞士，实际可能是8月底才到的。

回程历险记

（1906年11月和12月有很多信件，首先是在船上写的，继而是在河内和阿迷州。）回中国的途中，他提到了在河内的生活——一如既往的生动，带有一些讽刺之言。他雇了一个新的安南仆人，穿街走巷，在不同的商店里找寻给家人的礼物。他还去看了戏。接下来的信中他提到沿着红河的返程之路。在这条河上航行总是冒险的。有趣的是，人们可以把这次旅行和三年前的旅行对比一下。

1906年12月16日清晨5点40分，天还黑漆漆的，我即将乘火车从河内出发前往老街，而三年前这里还没有铁路，当时还得乘蒸汽小船沿红河逆流而上。整列火车只有一个车厢是为欧洲人准备的，其他包括一等、二等和三等车厢。火车上乘客并不多。火车冒着烟在灰蒙蒙的早晨出发了。在我们身后是河内老堡垒的灯光和热带的第一缕阳光。

火车沿着红河左岸行驶。放眼望去，稻田连着稻田，间或显现出一条道路或是大半掩映在竹子、芭蕉和棕榈树后的村庄。在维特瑞（Vietry）出现了第一处布满扇叶棕榈的山丘。我一个人独自在火车站餐厅吃完午餐。两位和我同行的先生在其他地方吃的午饭。其中一位留在此地，另一位和我及一位安南警察是二等车厢里仅有的乘客。山越来越多，平地越来越稀少。巨大的弯道，陡峭的山坡，火车头喘着粗气，两边是热带丛林，高大的树上爬满了蛇一样的藤蔓。旁边是竹子、野芭蕉、扇形棕榈，小小的林中空地上蹿出数米高的草和芦苇。这里仍有老虎出没，火车尖锐的汽笛声也没有把它们吓走。太阳出来后气温升高，车厢里尽管开着窗户，仍然闷热不堪。

此封信余下的部分几乎无法辨认（1907年3月2日）。

一场赌博

1907年3月31日接着写道：麦斯特尔于晚上顺利抵达老街。

尽管很累了，我还是没有马上上床睡觉。经过一天的炎热后空气凉爽下来。我走在灯光稀少的街上，大多数商店已经关门了，但是在靠近郊区的地方还挺热闹。在许多地方人们在玩一种中国人和越南人都喜欢玩的赌博游戏——骰子。以前这是被禁止的，当然那并不能阻挡止人们偷着找乐子。现在由当地拥有无上权力的法国上校（老街仍然实行军事管理）同意解除赌禁。但同时要求赌场的老板，大多数是中国人，先得把基础设施修好：灯光照明、污水处理、排水管道、道路、桥梁等等。总之，老街从一个臭气熏天，不适于人居住的强盗窝子变成了一个基本具备居住条件的地方。

我走进一个这样的赌场。屋子很大，四四方方的，里面灯火通明。在门的旁边是一排货架，像是在市场里。每个摊子上都挂着一盏灯笼或点着一支蜡烛。摊子上卖烟草、香烟、火柴、水果、蛋糕、瓶装啤酒和香槟。屋子里门庭若市，各种各样的人充斥其间：中国苦力、马夫、安南仆人、警察、士兵，还有各种欧洲人。所有的人围坐在两张大桌子边，或者摊在地上的垫子旁。所有的人或坐或站，在地上围成一圈，也有的人坐在木板凳上。银比索只是滚来滚去；奇怪的是哪里来的这么多钱。这些钱包在脏手绢里、汗渍斑斑的头巾里、褴褛的手巾里和腰带里。赌注经常越来越高，结果不难想象，这些长着细眯眼睛的人几乎每天晚上都在输钱。第二天一早我到了公司办公室，得知仍将回到原来的

笛荡幽谷
——1903—1910年一位苏黎世工程师亲历的滇越铁路

工地去工作。第三天早晨我将乘火车驶往31公里处。

我开始做准备工作，把所有的行李重新打包，填写海关报关单等。从河口（中国的边境"城市"，位于南溪河的另一边）（麦斯特尔画了一张地形草图）过来的欧洲人解释说，到中国去不再那么简单了。需要通行证，所有的筐和箱子都要打开接受检查，桥上有重兵把守等等。

我想看看情况到底是什么样，于是走过去。桥上是一堆灰色的东西。刚到的火车上运送的是木材和一些建筑材料。人们正把它们卸下来。从这些吵吵嚷嚷、比比画画的人群中穿过去几乎是不可能的。中国那一边的道路左右两边站满了士兵。他们穿着漂亮的新制服，黑衬衫，裤子、绑腿、戴着帽子。他们还佩带着子弹带和很不错的枪。在第二排队伍中飘着火红的旗子。

我当然像个西班牙人似的骄傲地走过大桥。没人动弹一下，连外套袖子上缀满了各种臂章的军官也站在那一边一动不动。河口变化很大。原来破败的茅草棚现在变成了三座气势恢宏的砖房：火车站、海关和一座车站工作人员的宿舍。这里也不缺少火车站餐厅。一位安南员工在火车站旁，把一所旧的竹子盖的棚屋改成了咖啡馆。人们可以喝咖啡，品尝苦艾酒，吃到其他的美味。他的门上骄傲地挂着"河口自助餐厅"的牌子。

河口老城区仍是个贼窝。一条长长的、窄窄的，部分铺着灯芯草垫子的小巷。路的左右两边是商铺，里面卧室、厨房、仓库、店铺、餐厅和起居室各种功能合而为一。另外还有小酒馆、塔等等。这些房子都是竹子搭成的，下面是竹竿撑着，静静地矗立在河边。在这样的一堆"草"上，在小巷的尽头，是大大的字体"大清邮政"。

每周二火车停运

第二天一早我站在火车站，我的行李已经托运了，火车票在口袋里。7点火车应该发车。还有几个欧洲人在车站。我听到他们在和车站

劳工像苍蝇一样死去

负责人吵架。站长认为今天是星期二,而星期二火车停运。我们可能要等很长时间,其他人强烈要求火车必须开来。然而火车最终也没有开来。这让告诉我这个消息的"南溪分段"的一名工程师抓狂不已。一位"首席工程师"也不再认为这是正常的事情了。我们又等了足够

特殊的"工程师特等车厢"

长的时间,火车最终还是没有来,天气开始越来越热,我们不得不回家,依旧无所事事。我沿着河散了会儿步。尽管脱下卡其布外套,换上了灰色的夏天周末穿的便服,我仍是觉得太热了。于是我干脆走回家睡觉去了。

第二天火车从海防开来了。我运气很好。同行的有"南溪段首席工程师"杜玛斯先生(Dumas),还有S.C.J.的高级工程师。他们邀请我到他们的特等车厢去。对这一邀请我自然不会拒绝。这节特等车厢对于这样的旅途来说装修得非常漂亮。后面空着的部分有桌椅、柜子、洗手间、厨房和厕所。

我们乘车经过大桥,安抵河口。这里有海关和检查护照的地方。我的仆人被迫向中国士兵出示他的通行证,而他根本没有,我把我的递过去。士兵们非常满意,我想主要是因为他们看不懂。而那些本应被打开检查筐和箱子,因为箱子里装着左轮手枪和甘油炸药等,我不希望被查出来。杜玛斯先生(Dumas)把它们放在一堆箱子的中间。它们最终如我所愿没有被打开。

笛荡幽谷
——1903—1910年一位苏黎世工程师亲历的滇越铁路

　　终于火车继续缓慢，但是安全地向前行进。因为火车的速度不快，我们于10点半到达31公里处。三个半小时走了三十一公里，即平均车速在每小时九公里。差不多跟阿彭策尔火车的速度一样。这段铁路已经完工，但人们还是要必须注意避免滑坡和沉降的发生。工人们还在各处进行扫尾工作，加固斜坡，完成火车站、井和水塔等等的建设。

　　31公里处意味着：所有人下车。火车停在一个劳工村中央的小巷里。车厢旁边几乎找不到空位子。上百的劳工、马夫和马拥挤在一起，吵吵嚷嚷，他们在装卸箱子、食品和建筑材料。

　　几百米外火车车轨就到头了。我又在人类文明的边缘了。人们在这里只能依赖自己了。因为我托运的行李，我找到S.C.J.的代理人处，得益于和我一起旅行的高级工程师，我很快得到了所需的劳工、马夫和马匹。我让人把我的行李从火车上卸下来，直接绑在马鞍上。我只是打开了赛布勒（Scheibler）牌的大黑箱子，拿出我的马具。劳工们和马夫们都看得目瞪口呆。就这样我又坐在了久违了的马鞍上，神气地向31.6公里处骑去。那里有一家餐厅。我饿得肚子咕咕叫。剩下的历险在下封信中再写。

疯狂的步伐

　　1907年5月5日写的信。

　　"餐厅"，如果一间竹子搭成的棚子，里面可以花钱买到所谓的"所有"食物，主要是有酒喝，那就姑且称它为餐厅吧。餐厅的老板是一个曾在我手下做监理的希腊人，名叫康斯坦丁（Konstantis）。我以前和他关系很好。我在他这里吃了一顿丰盛的早餐，而且可能付的账比别人少。

　　是啊，然后康斯坦丁（Kanstantis）甚至拿来了一瓶慕尼黑啤酒，坚持要我和他一起喝。因为我的下一个旅行目的地是那田（Na-Tien）。

劳工像苍蝇一样死去

以前的火车售票员,我在阿迷州的同事纳图勒(Naturel)住在那里,离餐厅只有5公里远。我时间充裕,就没再客气。我们向对方讲述各自的历险经历。正在我们聊天的时候,又来了第三个在阿迷州或者说在更远的诺尼寨(No-Ni-Tchai)(112公里处)认识的熟人。他是位年长,但是快乐的酒徒,名字是R.。他坐过来,自然会喝光杯里的酒。

R.告诉我他目前在罗查特和麦耶公司(Rochat & Mayeur)做计件工头。工地就位于31公里到32+x公里处。他邀请我和他一起去参观他的工地。我的仆人和我的马在这期间已经上路了。因为这段路弯道多,有很多路要绕行,所以我和他约好在32.2公里处见面。我应该比他先到。我因为对这段路很感兴趣,所以接受了建议,和R.上路了。各处工作进展得很好。只有两三处岩石挡着路,路还不通。R.说所有的工作再有两个月就会结束了。

我在32.2公里处告别了R.,爬上斜坡,希望能找到我的仆人和马。但是他们全无踪影!

刚开始我非常平静地等他们,想着他们会来的。我一根接一根地抽烟,想象着安南人蜗牛一样的步伐。最终这家伙还是没到。

在工作辅路上运送补给

我起身向他走来的方向走去。已经是晚上了,12月的晚上,在这附近天气还是很暖和的。走在尘土飞扬的官道上,道路崎岖不平,像是走在鳄鱼背上。我有些出汗了,并开始在内心诅咒,很快就忍不住骂出声来了。希

笛荡幽谷
——1903—1910年一位苏黎世工程师亲历的滇越铁路

望赶快看到我的仆人和马。但是没人听得到。

我安全抵达了31.6公里处。在那儿我的朋友们还在边喝边聊。没人看到我的老马。我真想……嗯……揍谁一顿。这么说吧,那个和羊或者和驴一样笨的家伙走过了32.2公里处,然后在离那儿不远的地方等我,而我却在这里找他?

不能浪费时间了,树的影子越来越长。热带地区的黄昏转瞬即逝。

向右往回走,向着那田(Na-Tien)的方向……步行。像土耳其人一样,再走一遍同样的沿途美景如画的路。

幸运的是我还大约记得来时的路。我知道我会遇到一条小溪,那里官道向山上弯成一个大大的弧形,小溪上有一座临时木桥。小溪很野,岸边山势陡峭。官道不再挨着铁路线,而是绕过几座小山,直接通到那田(Na-Tien)的位于山岗上的营地。

这一切看上去都是那么的正确无误。但情况却并非如此。

太阳落山了,灰色的黄昏包围着我。为了不绕远,我回到铁路线附近。但是我很快陷入大石头堆里。我不停地攀爬,上去,下来,经过乱石和大石块……受力的双手。终于我爬过了乱石岗,停下来喘口气,已完工的平平的站台横躺在我的面前。

好景不长。

我听到沙沙的声响,站台突然断路了。在一片漆黑中我几乎看不到任何东西。只能看到墙的大概轮廓。

但是没有一座桥,既没有小木板桥,也没有厚木板。

没有别的办法了,只能顺着斜坡爬上去,找到官道。随后我终于找到官道了。

夜色已深,我基本上是用脚,而不是用眼睛找路。我用我能走的最快的速度走起来。

我面前出现了一个劳工村的微弱的灯光。我很快到了这个村子。劳工们正在吃晚饭,我这个洋人让他们感到很惊奇,很疑惑。但是他们没有被我的到来打扰,继续说笑,吃饭,喝东西,唱歌,聊天,吸烟。

劳工像苍蝇一样死去

到处都弥漫着二胡单调而凄凉的音调。几个商人仍坐在他们的店铺里，边抽烟斗边就着油灯的光亮核对账簿。很快这个村子被我甩在身后。狗叫声停止了。只有鸟的叽叽喳喳声和蟋蟀的叫声打破寂静。我右边的水声让我感到心安，说明我还在官道上。路开始向下延伸，桥就该在那里了。可是那是什么？路突然断了。借着火柴的光亮我看到了一处很陡的斜坡，能听到下面水的呜呜声。我迷路了？

慢慢地沿原路返回，点了一根又一根的火柴，左右都仔细找过了。停，这里有一条小路，很窄，像是新修的。最后一根火柴也燃尽了，我只好慢慢地顺着新发现的路走，开始还好，可是突然我的双脚找不到路，没法再向前了。

好吧，我有时间想想到底该怎么办。在荒凉的云南，在一个没有月亮的夜晚，我迷路了。也许会有老虎出没，这样的想法让人不寒而栗。

人们总是告诉我，老虎是一种很娇气的猛兽。它们只有在找不到黄肤色的肉时才会吃白肤色的肉。这让我稍感安心，但没过多久我又开始提心吊胆。所有人们给我讲过的关于老虎的故事，都浮现在我的脑海中。

突然我想到，如果我到最近的劳工村子里找一个向导，我就不用再冒险了。

说做就做，很快我的眼前出现了一处茅草棚里射出的光亮。狗叫起来，有几扇门打开了。

我尽我所能地用我有限的中文询问是否有人可以送我到那田（Na-Tien）。那个男人好像马上听懂了我的意思。他大声叫喊着，很快便来了一位梳大辫子的绅士。这位绅士讲法语，他问我有何需求。我放弃了中文，用法语重复了一遍我的问题。这回我成功了。

这位绅士叫来了一名劳工。那位劳工开始小声嘀咕着，面无表情。很快他就心软了。然而我并没告诉他我真实而自私的想法，那就是在老虎来的时候，他将会成为老虎的首选。

那位劳工点燃了一个纸灯笼，先走出去了。他不是一个健谈的人。而我的中文还做不到长篇大论地和他交流。很快我们又回到了我刚才必

笛荡幽谷
——1903—1910年一位苏黎世工程师亲历的滇越铁路

须折返的地方。至此我终于知道原来的桥坏了，我们只能蹚水过去。多好的运气啊！

事实是借着灯笼的光亮我们爬下坡，来到了河边。河上有很多大石头。在水最深的地方人们搭了一座临时小木桥，我们很快过到对岸了。

升起来的月亮洒下了银色的月光。能看到远处那田（Na-Tien）的屋顶了。向上，向下，再向上，穿过高高的茅草和树丛，终于我们看到那田（Na-Tien）所在的平地了。房门前站着很多人。纳图勒先生（Naturel）……我的仆人和我的马！此时已经是夜里10点半了。

你们可以想象，我吃了很多，夜里睡得很好。我的仆人在32.2公里处前边一点儿的地方等我，因为我没到，他以为我走到他前面去了。所以他就快步追去了。

幸亏我告诉他我会在哪里过夜，要不这个笨家伙就真有可能一直走到蒙自去了。

未完待续。

蚂蚁一样多的小个子黄种人

阿迷州。1907年5月26日。

纳图勒（Naturel）向我讲述了很多事情，关于他的工作、公司、劳工和老虎。老虎还在附近胡作非为。不是吃了一整只就是半只狗，一只羊或一个劳工。他还向我介绍了此地的最高统帅，即开化的中国将军。这位将军最近率队沿南溪河谷一直到蒙自进行了一次巡视。为了庆祝将军的巡视，许多人被砍头。有次离纳图勒（Naturel）的家门只有几米远，离我以前也是现在的上司巴莱先生（Bares）家倒是挺远。巴莱先生（Bares），怎么说呢，他"自己决定结婚"，妻子是一个非常美丽的日本人。之后他变得嫉妒心非常强，对人非常不信任……而这个女人，几乎看不到她有温柔的一面。我即将面临一个棘手的情况。尤其是

我们提到的这位女士是一个恶毒的贱骨头（她性格很糟糕——此处原文为法语，译者注）。作为"老板娘"她的观点永远都是正确的，她的事情永远都是最重要的……

唉，日子真不好过。

我辞职了。第二天早晨我打好行李，告别了我友好的房东，再次骑上我的马，沿着铁路线前进。纳图勒（Naturel）让我带上一封他写给43公里处的副主任杜布朗奎先生（Duplanques）的信。主要是想让他请我吃午饭。

我启程后看到的是多么大的变化啊！不到六个月前，我还走在官道上。官道沿着铁路线弯弯曲曲，有时很快绕过圆形山包或巨石，呈之字形向上，从那里又向下深入到绿色的丛林中，像是要被埋起来了。在那里能听到南溪河流水哗哗的声音。然后很快就会进入到一条又深又黑又湿的峡谷。阳光几乎照不到峡谷里，但这里的植被仍然非常旺盛。植物树干很

1907年12月。阿迷州。开化将军出巡

1907年12月。开化将军在阿迷州出巡

笛荡幽谷
——1903—1910年一位苏黎世工程师亲历的滇越铁路

粗,树叶巨大,开着深红色的花,热空气沉闷得像铅一样重。

然而现在在站台上几乎到处都是蚂蚁一样的黄色小个子。中国人、安南人,中间还有很多警察(妇女)。人们最后修建外延的矮墙,敲打石子等等。除了少数几处的工作有些艰难。总体而言这里的工程确实不是特别难,没有隧道,不用架桥,很少几处修水泥挡土墙。其他都是比较轻松的土方工程。因为铁路线在南溪河上10-15米高的地方,所有的东西可以直接倒入南溪河,然后河水会把它们冲走。

很快到中午了,热带的阳光灼热起来,当我到达43公里处时,汗水顺着头盔流下来。幸而杜布朗奎先生(Duplanques)在家,我很快享用了早餐……

在50公里处的盘清河(Pan-Kion-Ho)是第一工段的办公地点。因为工段主任沃莱先生(Volay)是我以前在那萨盆(Na-Sa-Pen)的同事。我们都在巴莱先生(Bares)手下工作过。我和他很熟悉。所以我决定在他那里过夜。于是我告别了杜布朗奎先生(Duplanques),继续上路。差不多在44公里处铁路线跨越南溪河,河上架了一座铁桥。桥台和桥墩是用石头建的。此外各处的土方工程进展得很顺利。人工建筑大部分已经完成。

在50公里处应该建的一座铁桥,人们已经修好了桥墩,水泥的桥台也已完成。盘清河(Pan-Kion-Ho)位于上面的山岗。我很高兴,我的老马似乎更高兴 终于爬上来了。真是不虚此行,尤其是对于我来说。营地位于一处小小的台地上。这里风景绝佳。人们可以看到山谷一直延伸到远方,还能看到对面的山峰。

沃莱(Volay)像以往一样友好地接待了我。我们坐在一起共进晚餐,回忆往事,交流新的信息。我认识沃莱(Volay)的时候,他是巴黎中心学校的毕业生,任职副主任,现在是分段主任。好位子,工资高,糟糕的气候,糟糕的公司。我只是在一定程度上嫉妒他。

我在这里听到了一个不坏的消息。某位P.先生,一个"殖民者",法国人,大约1904年曾在我的绘图分队里作为助理工作过,现在在67

公里至 74 公里处成了承包商,挣钱很多。

这位 P. 先生一如既往的高大壮硕,用法国人的说法就是"固执,野蛮,爱抱怨"。他和一位意大利同事一直在讨价还价地争吵,为了什么事情我却不得而知。

有一天,在 63 公里处的三势河(San-Tsch-Ho),P. 先生像一头被追捕的野兽般跑来,另一位 C. 先生像只老虎一样跟在他后面。我们这位 P. 先生怒气冲冲:"看起来我今天晚上还没吃饱,我得咬掉他的鼻子。"他转身打倒 C. 并扑到他身上,咬断了 C. 的鼻子和半边耳朵。这确有其事。

晚上麦斯特尔到达 74 公里处的北河(Pe-Ho)。

令人毛骨悚然的竹竿

127 公里处,1909 年 8 月 4 日。在我上封信中我提到了关于我到达 74 公里处北河(Pe-Ho)的事情。我到的时候是晚上了。有人告诉我,这里有一位普拉格(Praga)先生,他是 S.C.J. 的监理人,在此地开了一家旅馆,我可以在那里留宿。其实从远处就能看到一根高高的竹竿上飘着法国国旗,旗子将我引向旁边的一座房子。

普拉格(Praga)站在门前,我们很快达成了一致。我的马吃草料去,我的仆人打点我的住处。在普拉格(Praga)简陋的厨房里,我们开始了有趣的聊天。就这样坐在门前,喝着餐前开胃酒,讲述着所有有趣的故事。我们聊到了几天前中国将军刚刚因巡视途经这里。主题是,普拉格(Praga)喜欢中国人快速的执法方式。一个逃跑的中国人抢劫并杀害了他的两个老乡,他被抓住后很快被砍了头。"您瞧那里",普拉格(Praga)用手指着在黑暗中几乎什么也看不到的远处,"那根挂过他脑袋的竹竿还在呢"。

笛荡幽谷
——1903—1910 年一位苏黎世工程师亲历的滇越铁路

45 公里 200 米处的桥

64 公里处铁路和桥的全景

腊哈地火车站。70 公里处

劳工像苍蝇一样死去

在一个简陋的饭厅里我们吃了晚饭，让我能记住这是家旅馆的只有挂在墙上的价目表，一瓶啤酒：一美元（1 美元 =2.85 法郎），一瓶矿泉水：一美元，一份晚餐：两美元……这可是不折不扣"文明"的价格呀。夜里挺安静，很热（现在是 12 月 22 日），臭虫和跳蚤以为它们才是这张床唯一的主人。

天亮了，我毫不犹豫地从虱子坑里跳起来，站在门前，第一缕阳光已经照到北河（Pe-Ho）茅草棚的屋顶了。中国人的村子里已经热闹起来。挑水的人，把一根棍子架在肩上，挑着两个桶来回送水。鸡啼叫，马嘶鸣，几个马夫照看着他们的货物。在村子的后面，离我几百米的地方，耸立着那根令人毛骨悚然的竹竿。也就是昨天晚上普拉格（Praga）向我描述的竹竿。上面挂着黑乎乎的东西，看不清到底是什么。

77 公里处

779 公里 350 米处。7 公里处

我决定走近去看个究竟。穿过村子里窄窄的小路，路边的店铺都已经开门。很快我来到了一块草地，那中间立着一根大约五米高的竹竿。上面挂着一个用木头夹住的黑色长辫子——恶棍的长辫子。因为一

笛荡幽谷
——1903—1910年一位苏黎世工程师亲历的滇越铁路

堆苍蝇吸引了我的注意力。在新鲜的草丛里，躺着一个圆形的、完全发黑的东西，这就是那个头颅。那颗腐烂的头颅就是从长辫子那里断掉的。眼睛的位置只剩下两个爬满了昆虫的空洞，露出的牙齿……看上去非常恐怖。我可受够了，离开，回去喝早晨的第一杯咖啡。

"回家"

我继续上路了。脚下的路不管是大路还是小道，对沿途的每一棵树，每一片灌木丛我都记忆深刻。在这里，74公里到85公里处，正是我在1904年前后带领队伍测绘的地方。但是现在变化多大啊！这里不再有数米高的茅草、热带荒原，取而代之的是已经快建完的车站站台、切割石块的灰尘、通道、桥，甚至还有一座小型的隧道。

麦斯特尔在朋友那里又住了一晚。这次是在柔软的、干净的床上。第二天他又上路了。

当我到达104公里处的时候，天已经黑了。离开这里七个月后再次回到第三路段。当我到落口（Lou-Kon）时（著名的波若伦公司）快8点了。[请看附上的第三号照片。105公里处的桥横跨北河（Po-Ho），还有第四号照片，119公里处的火车线，在落口（Lon-Kon）的下面，火车线穿过130米长的隧道，背景是石墙。这个隧道是我设标记划界的其中一座。]

在落口（Lon-Kon）波若伦（Bozzolo）的欢迎宴会上，他的三位年轻的家眷也出席了。第二天早晨我继续向阿迷州前进。在125公里处铁路越过南溪河，很快老阿迷州呈现在我的眼前。山坡上是长长的白色的木板房和茅草棚。此时正好是12月24日，平安夜。

劳工像苍蝇一样死去

新的任命

1907年10月21日。阿迷州。这次我有一个好消息要告诉你们。也就是我被任命为分段总工程师。首先我的工资每月是一百法郎，是"一等厢的代理"，也就是说我属于最高层的一万人了。这带来了很多优势。我可以不再乘坐火车的二等车厢，而是使用一等车厢。如果我在外过夜，补助从五法郎涨到七法郎。根据需要可以有两到四匹马，搬家时可以比以前多使用两匹马，即十二匹马。生活补贴也大幅上涨。总之我的境况好很多，也更独立了，相应地要承担的责任也大了。

工程建设向前进展，至少在下一封信中提到了相关情况。信写于1908年10月31日，105公里处。

最近一切都好。只是工作多得令人生厌。我几乎很少在家。这个月的三十一天中我只有十三个晚上睡在了自己的床上。所有的工作都很紧急，火急火燎的。前天我们举行了一个庆祝活动。火车在我们的工段，104公里处通车了。我们所有人都对此印象深刻。我在这里工作了五年，在频繁遭遇暴风雨的荒野中、在毒辣的阳光下、在物资紧缺的情况下历经了艰辛。我常常都怀疑是否真能在此地看到这个黑色的庞然大物。如今它终于来了！在荒凉的山谷中回荡着汽笛声。当地人惊奇地张着大嘴，看着这个新东西，这个由洋鬼子带来的火车。现在我们和世界连接上了。如果一切顺利，从海滨城市海防到这里只需两天，而以前完成这段旅行至少需要十天的时间。

1909年麦斯特尔住在蒙自。1909年4月6日他给他的父母和弟妹们写信。

像你们记忆中的情况一样，我在全力完成112公里处的大桥后被任

笛荡幽谷
——1903—1910 年一位苏黎世工程师亲历的滇越铁路

命为"主任",负责 71 工段和 72 工段(104 公里至 112 公里处)两个工段。因为相关的公司和当局发生了激烈的冲突,工程开始时经历了很棘手的阶段,我们消耗了大量的精力,要冷静处理突发事件。这一方面造成了工作的停滞不前,但另一方面却避免了严重的甚至可能流血的冲突。现在我可以按照自己的想法做事,在需要的时候也会得到相应的支持。(有一次宪兵带着逮捕公司负责人的逮捕令出现了。)我把工作分派给下面的包工头,一个月后事态平息了。我们得抓紧工作,因为火车就停在门前。

险恶的隧道建设

在危险的山区建设隧道对我们来说是很困难的。主要是我们缺少优秀的监理人和木匠。另外雨季不间断的雨水让一切都变得湿漉漉的。当人们把隧道入口几乎快要清理完毕时,夜里又发生了泥石流,加固的部分被冲毁了,部分完工的拱顶也损坏了。正好经理第二天来这里,他自己也不得不承认道:"这事别无选择。"(此处为法语——译者注)他对包工头许诺,如果在 11 月 1 日前完工,工人们将得到两万法郎的奖金。人们抱着很大的希望继续回到工地。但是雨不停地下,又引发了新的比前一次更严重的泥石流。支撑物、护顶和桥台都被毁坏了。上面还出现了沉降。当我来到工地时,包工头、监理人和工人们失魂落魄地站在那里,他们面无表情地看着隧道洞口前那一堆半液体状的瓦砾。我在他们重新恢复思维前不得不冲他们大喊大叫。

终于我又把他们按照我的要求带回到了工作状态中。工程一步步地继续向前推进。我自己每天都到工地去看看情况并做出精确的指示。1908 年 11 月 20 日火车通过了隧道。

麦斯特尔担任了他前任上司巴莱先生(Bares)的职务(第二工段);铺设铁轨进程"神速"("每天两公里"),等等。

劳工像苍蝇一样死去

经理对此感到非常满意,他给我写了一封充满了赞誉之辞的私人信件,还给我发了一千法郎作为奖金。

然而接下来就到了令人讨厌的阶段。人们现在必须快些,再快些地工作并结算。压力,更多的压力,压得人都喘不过气来了,这让人感到不舒服。我一直以来已经习惯于理性地处理自己的工作,当有人向我提出过分的要求时,我就会直言不讳地反驳。有的人会很生气,因而指责我。他们不愿让我在力所能及的范围内做一些具有可行性的事情。而是要求我去"完成不可能完成的事"(此处为法语——译者注)。有一天我受够了,决定辞职。辞职未被接受。但我的境遇多少因此有所改善。有一部分工作没做完就先放下了。承包公司终于意识到了后果,却要求由指挥部承担责任。我对此提出过抗议,最后却不得不屈服了。

辞职和告别

1909年3月21日,天阴沉沉的,我们离开落口(Lou-Kou)。中国司令官杨率士兵打着旗子、吹着喇叭欢送我们到火车站。3月25日在蒙自我正式辞职了。公司给了我一份非常棒的证书,还有一万两千法郎的奖金,对此我没什么可抱怨的。

麦斯特尔在附近,首先是云南省首府云南府休假。在此期间他到一家中国的铁路建设公司求职。这家公司声称要修一条到成都——"四川最富饶的首府"——的铁路。前景看上去不错,但等待却遥遥无期。

"我和中国铁路公司的商谈以无休无止,慢如蜗牛的速度进行着",他在1909年7月9日写道:"更令我生气的是我每天要支付二十五法郎的额外费用。我在蒙自还租着房子,目前只是暂时住在这

笛荡幽谷
——1903—1910年一位苏黎世工程师亲历的滇越铁路

里。我必须住在酒店里，雇了一个翻译、两名士兵和两名轿夫。（因为在城里待着的人，既不能步行，也不能骑马，只能坐轿子。）

麦斯特尔遭到了法国人的算计。法国人尝试把自己人尽可能多地送进新公司里。最后麦斯特尔两手空空。他在这段时间寄回家的信中，我们能看到云南府的有趣的城市风情及当时人们的日常生活。在这些信中您可以再次领略到麦斯特尔的叙事天赋。

老城门

这里令人感到不舒服的是云南府城门的关门时间。这座城市被城墙围着，有六个城门。所有的主要街道的两端都和城门连接。晚上，大约7点半，砰，所有的城门都关上了。城里的人像被关在了老鼠笼子里不能出来，城外的人不能进城。令人感到不太友好的是，城墙内没有欧式酒店。唯一的办法是找熟人，如果你有的话，看能否在他那里过夜。夜里的照明很糟糕（油灯）。在这里人们夜里出去，得让一名仆人在前面挑一盏纸灯笼照路，纸灯笼上用大红字标示着官阶和头衔。

在同一封信里他详细描述了一次处决。

像过节一样的处决

附近和火车线上的抢劫和袭击经常发生。作案者通常配备武器，他们中的大多数是以前建设铁路的劳工。最近又有两人在南门前的广场上被处决。我看了这场戏。看上去就像送冬节（瑞士苏黎世传统节日——译者注）。有五六千人集中在广场上。警察和士兵费力地维持着秩序。要处决的犯人被捆绑着，由士兵围在中间，一路走来。他们背着一块白色的大牌子，上面用黑字写着什么，大概是他们所犯的罪行。同

劳工像苍蝇一样死去

时知府和刑书也到了。他们身着红色的大衣坐在盛装的轿子里，前面是骑着马的军官，大红伞，穿各种制服的随从们戴着帽子跟在后面，还有扛着旗子的人等等。行刑者已经带着他的又长又宽的刀准备好了。转眼之间行刑已经结束了。两个脑袋滚落到地上。人们疯了一样争先恐后地去看尸体（他们根本不可能看到他们想看到的）。这时轿夫们、仆人们和士兵们急步走开。

我还不得不讲另外一个故事：一个年轻的男人，住在这个城市里，有一天他和他的妻子吵架，吵到激动的时候他说了些恶狠狠的话。这些话伤透了他妻子的心。于是他妻子决定采取中国式的报复手段。她吞食鸦片自杀了。医生是我非常熟悉的一位欧洲人，他立刻赶去，但还是太晚了。他已经无法救活这个女人。女人在当天晚上去世了。她曾把造成这一切的原因告诉了她的女朋友们和亲友们。

第二天超过三十个人涌来。因为他们来自"上层社会"，每人都坐着轿子，带着四五个仆从。他们在房子里大声哭喊："嗷，我们可怜的妹妹！""嗷，我们的可怜的女儿！""嗷，这个坏男人！"他们喊叫了一天，那个可怜的男人躲不掉，只好听着，晚上还要付钱给仆人们。

第二天同样如此。女人们威胁男人，她们不会终止她们可怕的拜访。除非男人同意将他死去的妻子厚葬。棺材要买第一等的（费用是600两＝约2100法郎），然后装有尸体的棺材必须在他的房子里停放一百天！那个男人并不富有，对此很不情愿；那些可怕的女人们天天跑来号哭，男人每天依然得付钱给所有的仆人们。

男人不得安宁，直到他正式拒绝付钱并把这家人告上衙门。第一等的葬礼他还是必须要负责的。

现在那个男人自己因为受惊吓得了重病……

类似的事件在这里基本上经常发生。

1910年4月1日，火车正式开通——麦斯特尔已经离开中国了——铁路建设开始于1899年，但是因为义和拳运动而中断，1901年才重新恢

笛荡幽谷
——1903—1910年一位苏黎世工程师亲历的滇越铁路

复建设。艰苦的条件——气候和自然地形——根据朴勒耶（Preyer）的说法，有超过四万人死亡。就勇气而言，这条铁路线的建设堪比美国大峡谷的建设。

到云南的旅行很快就将会令人趋之若鹜。因为法国最大的殖民地气候不利于身体健康，而对每个欧洲人来说，能从海滨到高山上去可以称之为一种上天的恩赐了。

"整晚枪炮声不停"

1929年内战期间乘船航行在长江上

奥托·麦斯特尔

重庆（四川），1929年12月19日

1929年12月2日我乘坐蒸汽船"湘潭"号（由太古洋行制造）从汉口出发，沿江上行，周围一切很安静。这附近的战斗基本上已经结束了，部队（国民党）登船向南方开去，那里爆发了新的战斗。

乘客只有我们少数几个人，一位亚细亚火油公司的工程师、三位法国炮舰的海员和我。这艘船很小，但设施非常完备。船上还设有装甲舰桥（抵御强盗等）。

天气很好，周围平静而单调，也没有什么特殊的事情发生。直到第四晚，我们抵达沙市（Shasi），并在那里靠岸。船长收到报告称，周围不安全，从上游来的船"万新"号被开枪击中了。我们应该原地等候命令。

我们上岸去，这里有一家棉花轧花厂。我先是和厂主P.先生在工厂里谈了谈，后来又到他家里去。他的妻子和两个孩子正是乘坐"万新"号回来的。P.夫人证实了开枪的事。她在长达一个半小时的时间

笛荡幽谷

——1903—1910 年一位苏黎世工程师亲历的滇越铁路

里和两个孩子（七岁和九岁）躲在装甲护板后寻求保护。超过一百发子弹打中了船体。她给我们看了其中一颗反弹回来的弹头。船上的一位中国人受了轻伤。一艘英国炮舰护送这艘船，但是奇怪的是，英国士兵没有回击。袭击发生在宜都附近。

第二天上午 11 点我们的船长接到了电报，我们可以启航了。一艘英国炮舰，"阿菲斯"号，作为我们的护卫船随我们一同航行。我们应该在第 42 号航标灯处等候。这样我们用了大约十二个半小时航行至指定地点，这时是晚上 9 点半。"阿菲斯"号抛锚停靠岸边，我们也抛锚休息了。

第二天早上，12 月 6 日，我走上甲板，看到"阿菲斯"号停在我们的船的旁边。这是艘漂亮的军舰，舰上有两门口径分别是 15 厘米和 7.5 厘米的大炮，还有六七挺机枪。

"阿菲斯"号上来了个送信人到我们船上。昨天又响起了枪声。这次，一艘美国船、一艘日本船和我们英国炮舰上的士兵一起进行了猛烈的回击。幸亏"阿菲斯"的大炮火力很强，最终使一切都安静了下来。其中有大约五十个无耻之徒躲到一处房子里，从窗户里向外射击。直到炮弹击中房子，房子轰然倒塌。岸上的士兵只用步枪和机关枪射击。他们如果运来了野战火炮，我们则必须做好应对准备。

这并不是个令人感到舒服的消息。我们为了躲避子弹而躲在了舰桥里，前面和侧面都是钢板，可惜后面不是，但我们至少安全了。大炮让我们感到忧心忡忡。我们的船是木制的，一点儿火花就能使它燃烧成一堆灰烬。距离又是近得可笑，因为整个江面的宽度才不过区区 1000 米。

我们做了很多准备工作。如果遭遇火灾的话，我们准备好了抽水机和水龙带；因为甲板部分没有用铁板做防护，而船上又没有沙袋，于是我们就用装满糖的袋子、垫子和救生用品做成阻挡子弹的掩体，三名法国海员和我每人得到一支枪和一盒子弹。亚细亚火油公司的职员自己有一支左轮手枪，中国旅客、仆人等被安置在舱房里，欧洲人则

留在甲板上。

然后我们启航了。同行的还有两艘船。一艘是怡和洋行的拖船"曙光"号,最后面的是炮舰,上面安放了两门火炮。如果我们遭到袭击,我们就会发出信号,升起表示"F"的信号旗。

下午2点左右,我们看到河的右岸山岗上有一队身着灰色军装的士兵在向上游的方向行军。中间有一些骑着马的,很快他们上百人摆出了平面队形。最前面的对着岸。我们想"现在要开枪了"。然后等着第一颗子弹的射出。我们正好在昨天战斗发生的地方。左岸是个离岸边很近的村子,到处是被击中的房子。有一幢长长的、灰褐色的夯土建筑。在中间,大约三分之一处,房顶塌了,前面的墙全倒了,只有后墙还在。

但是没人开枪。

下午3点20分左右我们穿过了"虎峡"。这是一处两岸是岩石的急弯。在一处岩石上站着三个持枪的士兵。他们看起来像是在执勤的前哨。其中一人戴着军帽,身着灰色军装,像猎人一样把枪扛在肩上。其余两人戴着头巾,身着蓝色劳工制服,挎着子弹夹和枪。他们看上去就像真正的不法之徒,但是他们也保持安静。右岸在岩石的前后,我们能看到不远处整个队伍,其间可以看到旗子和马匹。一部分是

在长江上行驶的英国昆虫级炮舰。1929年12月29日

笛荡幽谷
—— 1903—1910 年一位苏黎世工程师亲历的滇越铁路

静立着的,一部分在行军中。我们未受阻拦,顺利通过此处。

我前面提到过,"阿菲斯"号装载了一尊大炮。现在看起来为了避免可能的危险,开火在目前的情况下是又必要的。"阿菲斯"号在做好射击准备后,通过喇叭向我们喊话,要我们的船在火炮射击时注意保持足够的距离,不要像昨天另外一艘船那样离得太近,因声波引起的空气压力导致窗玻璃破碎。之后是火炮的轰鸣。

当他们开火时,我因为站在边上正和一位军官聊天,看不到"阿菲斯"号,而亚细亚火油公司的职员正在通过双筒望远镜观察情况。他告诉我,大炮并没有瞄准士兵,而是岩石。事实上确实如此,士兵们四散跑开了。

山丘上到处是岗哨。

下午 5 点船在宜昌靠岸抛锚,宜昌处于紧急状态中。大约两千名叛乱者携带着机枪和大炮——就是我们看到的正在向长江上游行军的部队——在叛军首领胡龙的带领下,随时都会抵达宜昌。城里只有战斗力不太强的民兵,一部分国民党和川军,总计大约一千人。江面上停着一艘炮舰(除外籍船外),英国领事命令人们必须撤离城市,妇女和儿童将会被疏散到岸边停靠的由外籍炮舰保护的船上。

我把我舱房里的东西收拾好,搬到第一个向我发出友好邀请的军官的舱房里。他愿意和我分享他的房间。第一批难民在晚上差不多 8 点钟开始登船。他们是妇女和儿童,其中很多是婴儿,由丈夫和父亲们陪伴而来,带着他们匆忙中整理的日常生活用品。船上的最后一个位子很快被占据了。他们中很多人还没有吃晚饭,厨师和仆人们忙得不可开交。但所有人表现得都很勇敢,没有陷入惊慌中。

大约晚上 10 点钟我渐渐平静下来,但几乎一夜无眠,枪声在附近响了一整夜。我走上甲板,什么也看不到,枪声听上去越来越远。应该是中国哨所的军人对着江里行驶的船只开枪。

第二天是星期六,一早我就上岸,大约在上午 10 点钟,我和 P. 先生在他那里商谈有关轮船柴油发动机的事情。其间他接到了美孚石油公

"整晚枪炮声不停"

司的电话,该公司驻地在城里。战斗已经打响了,有一些子弹已经飞到他们那里了。

我走到街上,中国人部分聚在一起站着,部分惊慌地跑来跑去。路上遇到的几个欧洲人告诉我,就在不远处,人们可以从怡和洋行的仓库顶上看到战斗的情况。我向上走,途中就能听到枪声,其中还有机关枪的嗒嗒声。

屋顶上可以看到有趣的景象。宜昌四周部分是光秃秃的,部分是覆盖着森林的丘陵。山丘距离岸边100米到150米远。从宜昌向下游部分,在长江的一侧,有一队长长的灰色的队伍站在山丘上。战壕附近正进行着战斗。偶尔能看到有士兵站起来,又很快消失了。枪声不断,偶尔当战斗激烈时混杂着小型野战火炮开火的声音。

我到船上吃午餐。大多数男人和少数妇女已经上岸了。但是他们晚上应该还会回来,这样夜里船上仍会像前晚一样拥挤。因为我反正必须换乘另一艘"新唐"号轮船。"新唐"号就停在隔壁,我决定下午搬家。

我的新家是一艘真正的钢铁制的小蒸汽船。这艘船配有装甲设施,在船的一边,挨着舱房和小巧的沙龙是钢板,舰桥就是一处小小的堡垒,四周整个由钢板制成,上面有可关闭的射击孔。顶上是盏探照灯。船上只有三间舱房,还会来五名卫兵,其中的两间舱房按要求被征用了。所以只剩一间空着。我是船上唯一的旅客,所以对此毫无异议。

枪声响了一天一夜。成百上千的子弹落在城里和长江里。我们隔壁的"金沃"(Kingwo)号上也中了两颗子弹。中国的炮舰数次向下游方向驶去,开火一到两次,然后撤回来。

夜里我开始睡得很好,但第二天清晨一早就醒了。枪声明显更激烈了。有一段时间机关枪的嗒嗒声像是不愿停下来,而火炮的炮弹爆炸的声音比以往更密集。渐渐地声音弱下来,枪声向上游方向移去。大约10点钟只能听到远处零星的枪声了。

笛荡幽谷
——1903—1910年一位苏黎世工程师亲历的滇越铁路

我上岸去。一位我熟悉的先生遇到我,他告诉我大约五千政府军从宜都赶来支援,叛军陷入两支部队的夹击中,他们不得不向上游方向撤退了。而从一位会讲英文的中国年轻人那里我们得知,一个孩子、一位妇女和一名黄包车车夫被流弹击中而死亡,很多人受伤。

我们一直走到日本领事馆,它的后面有一块平地。从那里开始是连绵的山丘,山上挖了很多战壕。一路上我们看到很多伤员,有的头部受伤缠着绷带,有的胳膊受伤用绷带吊挂在胸前。红十字会的两个分队正举着大旗子,到野外的战场上进行搜救。

正好在领事馆斜对面的山丘上有一处风景秀丽的庙宇。很多人爬上去看看更多的情况。尽管偶尔能听到的枪声来自远处,我们因为时间的关系还是决定不过去了,而是往回走。

第二天是12月9日,星期一。我们的船向下开到亚细亚火油公司,给船加油。我利用这个时间到附近的山上去走走,看看前一天战斗发生后的情况。到处都是战斗过的痕迹,大量穿孔的四方形的纸,中国人用这些纸钱来告慰亡灵。

一队穿着国民党制服的士兵,把枪架在一旁,正在开挖新的战壕。他们的军官用中文告诉我,他们正是从宜都赶来的。叛军其实没有撤走,而是躲在后撤途中的山丘后面了。新的战斗随时都会开始。我接着走了一段,一直走到下一个山顶,那里有最后一处战壕。

宜昌。长江右岸。1929年12月9日

"整晚枪炮声不停"

宜昌。城门。1929年12月31日

宜昌河床。1929年12月31日

附近看上去很糟糕。到处是军装的碎片，扯烂的帽子，一本笔记本，纸，一堆堆空弹夹。

突然响起了一声枪响。随后又是一声。不知道是谁开的枪，向谁开的枪。但我还是向后退，退到山后，集中注意力。一位正在挖战壕的士兵很想拍照，但军官不同意。

大约12点我们又回到原地。

晚上卫兵登上了船。五名英国水兵携带着机枪，领队是一位海军上士。其中两人在夜里喝醉了，吵吵嚷嚷。他们第二天被送回去，并被马上送上军事法庭接受处罚。新来的一位水兵看上去还不错。

宜昌有一座漂亮的火车站，但却没有

笛荡幽谷
——1903—1910年一位苏黎世工程师亲历的滇越铁路

铁路，工程费用短缺，因为钱都被挪作他用了。当要举行落成典礼时，北平来的一个代表团将要参加揭幕式，他们应该受到正式的接待。代表团成员受到了热烈的欢迎，享用了丰盛的宴会，天快黑的时候，他们被带到火车轨道那里散散步，——然而他们

宜昌街景

没有意识到，他们只是原地兜圈而已。

12月10日我们终于启航了，很快到了真正的"峡谷"和"险滩"。周围的景象非常浪漫。两岸的岩石几乎垂直地插入云霄，江面狭窄，漩涡急流，浪花四溅。水中到处耸立着礁石，还有很多礁石藏在水底，更危险。我们可以看到在岸边停着的船。

在这样的激流中行驶是很有意思的。可以看到船在水中带起的波浪。我们全速前进。机器（蒸汽涡轮机）的轰鸣声越来越强，船窜向前方。在轰轰作响的乱境中，一座真正的山伴随着水花和波浪向我们移来。船减速了。轮机满负荷地不停地旋转，但看上去我们并没有前行多远。我们看到水流像箭一样的向后射去，但岸边的岩石却一动不动。有一瞬间，我们甚至感到船在后退，逼近山崖，但是突然又驶向前方。水面平静下来。"3/4速度"，我们穿过了峡谷，身后是浪涛汹涌的急流。

"整晚枪炮声不停"

驶入长江上游瞿塘峡

航行于长江三峡

笛荡幽谷
——1903—1910年一位苏黎世工程师亲历的滇越铁路

万县。今重庆万州区

在这些"峡谷"中也有地势平缓的地带,那里有村庄甚至是小城市,有如画的寺庙和桥梁。有几处的建筑像是中世纪的城堡。山坡上的土地一直延伸到高处,种着水稻、蔬菜、玉米等。随处可见瀑布流向山谷谷底。

有几处地方有军营。我们看够了士兵。随处可见他们正在操练普鲁士式的正步,但是他们并没有为难我们。

夜里航行很危险,我们总是靠岸抛锚。船上空间小得可怜。人们几乎无法走动。到处都是中国人躺在他们的被褥上,旁边是他们的无法形容的行李。他们吐痰、打嗝、抽大烟。令人讨厌的、甜丝丝的臭味充斥着整艘船。只有在小小的沙龙里有暖气——如果你把那个小房间称作沙龙的话,里面有一个铁炉子。舱房里很冷,因为窗户无法关严。每天早上在蒸汽机开始工作前,通常会停电,也没有热水。

我们于12月11日上午抵达四川边界,同一天下午快1点的时候,我们抵达万县(今重庆万州区——译者注)。12月13日一早又离开了。

佛面滩

12月14日上午9点，我们经过了佛面滩。这里在夏天是最为危险的地段，江水会淹没岩石。岸边的岩石上雕刻着一尊佛的头像。大佛警告过往船只。当大佛被水没过，他什么都看不到，当然也就不能履行他的职责了。

同一天12点左右，我们抵达了饰有装饰的三孔桥的宁世（Ningshih）。我走到船尾，想画张速写。突然从下面传来了轰轰声，我们靠岸停下来。开始以为是泄漏或螺旋桨损毁了。人们快速地把邮袋向前清理。后来发现是错误报警。我们马上继续向前驶去。

晚上我们在木通（Mutung）靠岸抛锚。这里距重庆只有二十里。夜里大约10点钟，周围又响起了枪声，听上去在远处的下游地段。我们能看到子弹或炮弹滑过夜空的亮光，第二天早上有人告诉我们，昨晚四千多名士兵和两千多名叛军激烈交火。12月15日上午9点我们在重庆靠岸抛锚。

一路上天气总的来说不坏。大多数时候昏沉沉的，有雾。但不是很冷，最冷大约零下一摄氏度。路上下了一次雪。

重庆是一座大城市，由三部分组成。重庆和江北位于长江的左岸，中间隔着可以通航的嘉陵江，嘉陵江在此汇入长江，右岸是龙门浩。龙门浩主要是外国人（这里除了传教士外，只有三十到四十位白人）的聚居地。居民人口总计大约一百万人。城市还有城墙和镶着铁钉的城门，夜里关闭城门。城门原来有九个，其中一个垮塌了。城内是狭窄的，拥

笛荡幽谷
——1903—1910 年一位苏黎世工程师亲历的滇越铁路

挤的街道。这些街道用大石头铺成,脏得可怕。差不多一半的街道是上上下下的陡峭的台阶。黄包车甚或汽车在这里是派不上用场的。整个交通依靠轿子。坐在轿子里的人会紧张,因为要随着上台阶和下台阶而前后移动。这里的小马也比上海的马个头小很多。它们很高兴地驮着主人上台阶,下台阶。

停泊在重庆的英国蒸汽轮船

重庆。国际酒店 　　　　　　　　　重庆。眺望狮子山

"整晚枪炮声不停"

重庆

重庆

重庆。东水门

重庆东水门下段

在"湘潭"号船上，1930 年 1 月 2 日

当我向下游方向航行时，天气很糟。但是中间没有出现事故。在新滩我们驶过了"蜀和"号的残骸。这艘船不久前撞到了礁石上起火，现在仍然火光熊熊。

笛荡幽谷

——1903—1910年一位苏黎世工程师亲历的滇越铁路

在崆岭滩以下，我们驶过怡和洋行的"金沃"（Kingwo）号蒸汽船。这艘船同样撞到礁石上，被礁石顶部撞出了裂缝。两只浮箱帮忙抬起船，一艘英国炮舰守护着它。"金沃"（Kingwo）号在12月31日下午幸运地抵达宜昌，并不得不被送到上海去修理。

12月31日我们听说，"福山"号在"金沃"（Kingwo）号出事的地点也触礁了。这样一周内已经有三艘船出事了。

沉船。

图片说明

　　本书中大多数图片来自麦斯特尔家族档案。奥托·麦斯特尔亲自拍摄的照片以其四方形的形状而为后人所辨识。关于滇越铁路的图片多来自奥托·麦斯特尔获赠的一本相册,其拍摄者为居住在河内顿卡尔路的摄影师拉斐尔·莫罗。莫罗在19世纪末20世纪初是一位活跃的摄影师。一部分关于滇越铁路修建的照片摘自皮埃尔·马尔薄特的祖父乔治-奥古斯特·马尔薄特(1861—1936)所拍摄的《滇越铁路》。马尔薄特是修建滇越铁路时下属公司波若伦公司的会计兼业余摄影师。总览图由奥尔登堡的乌威·戴德凌的维基地图提供协助制成。

笛荡幽谷
——1903—1910年一位苏黎世工程师亲历的滇越铁路

鸣　　谢

　　希尔维亚·安吉斯·麦斯特尔特别感谢托马斯·瓦格纳博士的大力支持。还要感谢她的妹妹乌尔苏拉·瑞娜塔·麦斯特尔、女儿娜塔丽娅·哈斯以及阿德里安·麦斯特尔、乔治·霍赫、马丁·施密特和昆明的严晓瑾（音译）。

　　同样还要感谢安娜·马缇、卡特琳·班茨、卡斯帕·班茨、鲍越博士、贝阿特丽丝·鲍姆贝尔格、弗罗林贝里斯维尔博士、克里斯托弗·布克哈克、徐长明（音译）、弗兰克·迪特曼、安可·菲戈劳、布拉斯·高德特、汪浩、爱莲·米歇隆、克利斯提安·蓝弗、迭戈·萨美尔隆、皮埃尔·塞东、托马斯·施耐德、辣斐洛·帕佐里尼、平何俊（音译）博士、薛亚伯（音译）博士、孙阮（音译）博士、英东（音译）博士、汉斯·左格博士以及瑞士瑞中协会。

　　网址：www.facebook.com/ottomeister.buch。